中国智慧
深潜万米

李朝全 主编
许　晨 著
臧思佳

希望出版社

图书在版编目（CIP）数据

深潜万米 / 许晨, 臧思佳著；李朝全主编.
太原：希望出版社, 2025.1. -- (中国智慧).
ISBN 978-7-5379-9116-2
Ⅰ. I25
中国国家版本馆CIP数据核字第2024JB8557号

中国智慧　深潜万米
ZHONGGUO ZHIHUI　SHENQIAN WANMI

出 版 人：王 琦		终　　审：傅晓明	
策　　划：王 琦　翟丽莎		美术编辑：王 蕾	
统　　筹：傅晓明　翟丽莎		装帧设计：陈东升	
责任编辑：乔 艳		责任印制：田祥宗　李世信	
复　　审：翟丽莎		图片提供：中国科学院深海科学与工程研究所	

出版发行：希望出版社
地　　址：山西省太原市建设南路21号
开　　本：880mm×1230mm　1/32　　印　张：7　　插　页：1
版　　次：2025年1月第1版　　　　　　印　次：2025年1月第1次印刷
印　　刷：山西人民印刷有限责任公司

书　　号：ISBN 978-7-5379-9116-2　　定　价：28.00元

版权所有　盗版必究

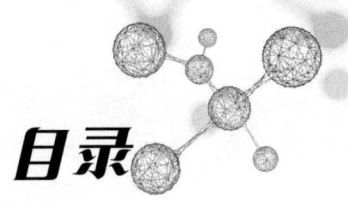

目录

引　言　万米海底来了中国人

第一章　地球有个"第四极"

 1. 神秘而美丽的海洋　/ 010

 2. 人类的摇篮和故乡　/ 016

 3. 潜入水下世界　/ 021

 4. 最深极：马里亚纳海沟　/ 028

第二章　世界上最后一片"公土"

 1. 蓝色圈地运动　/ 036

 2. 走向海洋的"863"　/ 042

 3. 越洋电话请来了"老帅"　/ 049

第三章　"蛟龙"出水惊天下

 1. 向南海进发　/ 060

 2. 科考船的夜晚不平静　/ 065

 3. 献给祖国母亲的礼物　/ 071

第四章　新征程　新深度

1. 承上启下的"深海勇士"号　/ 078
2. 海底一万米　/ 087
3. 全海深的奥秘　/ 095

第五章　深海重器"国产化"

1. 全海深载人舱　/ 106
2. 情系浮力块　/ 124
3. 穿透万米海水　/ 138
4. 独一无二的"大头鱼"　/ 146

第六章 "马沟"来了"奋斗者"

1. 悲欢庚子年　/ 158

2. 万米载人潜水器有了"名"　/ 165

3. 挺进"第四极"　/ 173

4. 劈波斩浪　/ 177

第七章　谈笑凯歌还

1. 万米深渊第一潜　/ 190

2. 海底的现场直播　/ 197

3. 双船双潜　/ 205

4. 胜利返航　/ 216

扫码查看国产载人潜水器"金钟罩"是怎样练成的

01·朝着万米深蓝"潜进"
观看视频沉浸式跟随载人深潜团队，一起围观地球"第四极"的探索纪实。

02·探秘深海世界奇景
下潜到海底最深处会发生什么？带你从深海看见海洋之美。

◀ 10,909m　　　　　　　　10,909m ▶

03·挑战海洋百科常识
你对海洋了解多少？和好友一起挑战测测知识储备量吧。

04·翻阅领先科技故事
好书推荐精选内容，带你拓展视野发现更多精彩。

引言 → [万米海底来了中国人]

阵阵海风如同饿得发慌的猛兽,呜呜地嘶吼着,将茫茫无际的大海搅得天昏水暗。一层层小山头似的海浪迎面扑来,哗的一声盖过驾驶舱,好似洗船一般从船头直冲到船尾甲板上……

　　为了及时赶到预定海试海域,搭载着我国自主研发制造的载人潜水器"奋斗者"号的科考船"探索一号",迎风顶流、劈波斩浪地奋力航行着。

　　2020年10月21日凌晨时分,"探索一号"科考船战胜了台风大浪的挑战,迎来了相对风平浪静的一段航程,在东方海天露出一线"鱼肚白"时,终于到达了马里亚纳海沟海域。

　　亲爱的读者朋友们,你一定看过法国著名的作家儒勒·凡尔纳的长篇科幻小说《海底两万里》吧,你一定会被神秘的尼摩船长驾驶着神奇的潜艇"鹦鹉螺"号在海底深处畅游,并且发生了种种惊险奇怪的故事深深吸引吧!

当然,那只是作家爷爷根据当时掌握的天文、地理、海洋、生物、机械等知识,运用丰富的想象力所创造出来的科学幻想而已。

时光的列车隆隆驶进了 21 世纪,人类从科学幻想中受到启发,早已制造出了潜艇、潜水服、潜水钟等设备,把深入海洋变成了现实。

如今,这些乘坐着"探索一号"科考船的中国载人潜水器研发团队队员,就是要到世界上最大最深的海域,去试验刚刚研制出来的万米载人潜水器"奋斗者"号。也就是说,他们要把作家儒勒·凡尔纳笔下"海底两万里"的长度,在下潜深度上有所突破,创造"海底一万米"的奇迹。

"探索一号"科考船抵达目标海域当天,海试团队就精心做了准备,在现场指挥部的统一部署下,斗志昂扬地进行了适应性下潜。此后 5 天连续 5 次大深度下潜,从 5454 米一直到 9163 米,均获得了圆满成功。

这是继八年前,也就是 2012 年 6 月,中国首艘载人潜水器"蛟龙"号,在这片海域成功下潜到

7062米，创造了搭载3人，可在水下自主巡航进行科学考察的世界纪录之后，我们黄皮肤、黑眼睛的中国人又一次下潜到了新深度，迄今为止人类极少能够到达的地球最深点，也就是"第四极"：马里亚纳海沟的"挑战者深渊"。

激动人心的一天终于到来了。2020年10月27日，"奋斗者"号将首次突破万米大关：由海试现场总指挥、总设计师叶聪，主驾驶叶延英和声学设计师刘烨瑶执行这项光荣任务。这不仅仅是一个深度从四位数到五位数的变化，更是中国人要逼近地球最深海底，探秘"挑战者深渊"，进军世界"第四极"的开拓之举。

"各就各位，准备下潜！"

"明白，下潜人员就位！"

"报告一号，船舶准备完毕！"

"报告一号，水面支持系统准备完毕！"

在前期准备完毕后，只见一片碧蓝碧蓝的海面上，上红中白下绿的"奋斗者"号在风浪中沉沉浮浮，溅起一团团白色的浪花。时间一分一秒过去，"奋斗者"号逐渐离开母船尾部。潜航员在舱内进行水面检查，确认各项设备的状态。

"一号、一号!'奋斗者'一切正常,水声通信已建立,请示下潜!"

"一号明白!同意下潜!"

现场指挥部一声令下,漂浮在海面的"奋斗者"号开始注水加重,瞬间便如游鱼一般潜入水下。主驾驶叶延英坐在中间,叶聪和刘烨瑶分坐两边注视着观察窗和各项设备,"奋斗者"号以每分钟60米的速度下潜,光线从蓝色慢慢变暗,在微光相机里能看到一些发光的浮游生物在游动。

深度值在不断增加,3个小时之后,多普勒测速仪、避碰声呐先后显示距底高度为130米左右,叶延英开始抛弃下潜压载,叶聪的眼睛一眨不眨地盯着仪表盘,刘烨瑶通过水声通信语音向母船汇报:"'奋斗者'已突破万米深度,目前已抛载,准备坐底。"

"太好了!祝贺你们,祝贺我们的深潜事业!请密切关注潜水器状态,保证各方面的安全!"

"坐底"是指潜水器安全降落至海床上。"奋斗者"号离海底越来越近了,10米、7米、5米,在照明灯光下,马里亚纳海沟海底清晰地呈现在三位潜航员眼前。作为总设计师的叶聪十分兴奋,但他没有表露出来,而是叮嘱同伴调节潜水器均衡、近底航行观察,并做好相关的试验记录。万米海底是如此的深邃和静谧,它能让嘈杂的心随之沉静下来,随处可见透明的海参、多毛类生物、海绵等,不由得让人感叹生命力的顽强。

深度 10058 米!中国人首次到达万米海底了!

消息传到母船"探索一号"指挥部,正在大屏幕前观看的队员们喜形于色,鼓掌庆贺!但并没有出现电影中那般互相拥抱和热泪盈眶的情景,这与当年"蛟龙"号突破 7000 米时全船振臂欢呼不一样了。因为,经过几年的拼搏,中国深潜科技早已突飞猛进,大家相信"奋斗者"号一定会成功!这种平和的心态也体现了我们强大的自信。

2020 年 11 月 10 日早上,中央电视台(以下简称"央视")新闻频道推出《中国"奋斗者"号载人潜水器万米级海试》直播。

在幕后和幕前精心准备的报道团队,采用短片回放、嘉宾访谈、演播室与海上互动等种种多媒体手段,将"奋斗者"号的前世今生与重大意义,全部展现在大屏幕上。在与主播劳春燕的视频连线中,身在海试现场的记者丛威娜手持话筒侃侃而谈:

"这里是太平洋的马里亚纳海沟,中国'奋斗者'号载人潜水器今天在这里进行万米级海试。北京时间4时20分左右,三位潜航员就顺利入舱,完成相关检查工作,然后进行布放和下水。今天'奋斗者'号到达万米海底后将展开两项工作:一是检验潜水器各项功能和性能是否正常,二是进行科学考察。

"现在,人们关注的焦点都在现场指挥部,因为通过这里的大屏幕,我们不仅能够监控到潜水器和潜航员是什么状态,最重要的是它会显示一个信息,那就是下潜的深度。现在我们能够看到,'奋斗者'号正在一点点逼近万米,让我们大家一起共同见证这样一个时刻的到来……"

此时,镜头转到大屏幕上,在"当前深度"(单位"米")字样下,赫然跳动着一串数字:9980、9990、10000……10000米了!聚集在大屏幕前的海试队员们,爆发出一阵热烈的掌声,人人喜不自胜。

显然，这是为了电视直播的需要，因为此前"奋斗者"号已经数次突破这个深度了！

当前深度的数字仍在继续跳动着：10005、10100、10216，直到10909停住了，显示"奋斗者"号已成功抵达海底。大屏幕在各项深潜参数背景图上直接打出字幕：坐底深度10909米，再次创造中国载人深潜新纪录。

随后，"奋斗者"号在水下巡航、科考作业6个小时，于北京时间17时左右平安返回母船，潜航员张伟、赵洋和王治强等人依次从"奋斗者"号中出来走下扶梯。

甲板上，队友们兴奋地叫起来："欢迎出舱，来来，快坐好了……"他们端来一盆盆、一桶桶早就准备好的海水——这是海洋界的传统礼节，凡是第一次下潜抑或打破自己深度纪录的深潜人，都会迎头被泼海水，就像云南的泼水节似的。哗的一下，三个人从头到脚全湿透了。虽说海水是凉的，但他们的内心却是火热的，那叫一个痛快！

随之，贺电、贺信雪花似的从各地飞来了……

第一章

地球有个"第四极"

1 神秘而美丽的海洋

说到海洋，很多人都会不由自主地眼前一亮。是啊，谁不喜欢一望无际的蔚蓝色大海呢？浪花朵朵，海鸥飞翔，片片银帆，金色的沙滩上绽放着五颜六色的遮阳伞……

至于海洋中自由自在随波漂荡的水母，大大小小丰富多彩的鱼类、贝类和"虾兵蟹将"，无数或凄美、或惊悚、或奇幻的海洋神话故事，那就更多了，也更加引人入胜、趣味无穷。

其实，不仅仅是今天的人们如此喜爱大海，早在几千年前的古人就对大海无限神往了。无论是君临天下的帝王，还是"面朝黄土背朝天"的百姓，对海洋都充满了敬畏与好奇。只不过那时候由于文明程度有限，他们无法科学地认识和了解大自然。

公元前 221 年，千古一帝秦始皇经过多年的南征北伐，完成了统一中国的大业，开始出巡全国、号令四方。公元前 219 年，他一路风光地来到了琅琊（今青岛市黄岛区琅琊镇），留下了著名的琅琊刻石："……六合之内，皇帝之土。西涉流沙，南尽北户。东有东海，北过大夏。人迹所至，无不臣者……"此后又两次东巡此地。

东土岚光水色，一片空灵之气，秦始皇怦然心动，心想：江山如画，实难割舍，如若长生不死尽享荣华，岂不快哉？于是他广张皇榜，寻求长生不老之药，献药并有效者可以与他平分天下。

此事打动了身在龙口（曾名黄县）的方士徐福。

古时方士多数来自民间，熟知生产技术，并有实践经验，会一些炼丹医药和占星卜卦术。齐地濒临大海，航海业发达，所以徐福也对航海技术颇为精通。

他果敢地揭了皇榜并修表上书：渤海中有三座神山，名为蓬莱、方丈、瀛洲，是神仙居住的地方，远看烟波浩渺，近望云蒸霞蔚，那里便有长生不老之药。

秦始皇闻言极为高兴，自平六国后，他平生志欲无不遂,唯不可得者,寿耳,便立即召见徐福:"天下竟有如此宝地,卿可速去。"

"难矣!"徐福长叹一口气道,"坐船而去,远望,这三座神山好像在云中,等你走近,三座神山又到了水中。可望而不可及呀!"

"此便如何是好?"秦始皇不由得大失所望。

"需得斋戒七日,且需童男童女带去一船纯净之气……"

秦始皇当即下旨:"朕给你三千童男童女,斋戒七日后浮海去求仙人,取得仙药来,便与你平分天下。"

经过周密的准备,徐福携带大量金银财宝,率领数千童男童女组成浩浩荡荡的船队,从琅琊台前的琅琊港扬帆起航了。

当然,如将秦始皇东巡的动机简单地归结为追求长生不老,并不妥当。因他初次来到海滨时,正如琅琊刻石所载"东抚东土""乃临于海",是为了宣示"平定天下"之功绩。而在这里,他的目光投向海外,则期待进一步开疆拓土,同时接受了方士关于神山仙药的说法。

应该说，雄才大略的始皇帝是被神秘的大海深深吸引了！或许他站在峭崖耸立的海岸上，眺望着茫茫无际的海水，蓦然想起了上古时代的"精卫填海""龙宫探宝"等神话故事。那遥远的天涯海角、那幽深的海水之下，到底有些什么宝藏和奥秘呢？

心中存在如此之问的，何止一个秦始皇啊！

斗转星移，古往今来，人们始终对深海大洋充满了神往与渴求。神州华夏有郑和为宣扬大明国威七下西洋的辉煌，他的航迹遍布了亚非海岸线；西方诸国有环球航行的哥伦布、麦哲伦，他们以航海家的精神开辟了地理大发现时代。

大海啊大海，苍茫的大海，浩浩荡荡汪洋一片，却从来没有阻挡住人类探索它、利用它的脚步。由最早的独木舟、木帆船，到后来的轮船、战舰、潜艇，由简单的兴渔盐之利、行舟楫之便，到复杂的采掘石油、天然气。海洋与人，已经成为不可分割的命运共同体。

海是美丽的，当朝霞映红水天之交，波平如镜，宛如仙境般绚烂；海是迷人的，令每一个走到它身边的人都充满遐想；海是恐怖的，当它愤怒的时候，海水像咆哮怒吼的猛兽，要吞噬一切；海是神秘的，深深的海水中蕴藏着无数鲜为人知的奥秘。

仅仅从表面上来看，它就呈现出色彩斑斓的颜色。或许有人会说："大海不是蓝色的吗？"

其实，海水本身是没有颜色的，而它会反射太阳光的颜色。太阳光是由红、橙、黄、绿、青、蓝、紫7种可见光组成，因其波长各不相同，红、橙、黄等光束先后被逐步吸收，而波长较短的蓝、青光束射入海中，遇到海水分子或其他细微的、悬在海洋里的浮体，便被折射回到海面上来。这样，我们看到的海洋便是一片蔚蓝了。

既然海水散射蓝色光，那么不论哪个海域都应该是蓝色的。实际上，海水却是各色俱全，这是由于某种使海水变色的因素强于散射所产生的蓝色时，海水就会改头换面，五彩缤纷。

大洋中悬浮质较少，颗粒也很微小，其水色主要取决于海水的光学性质，因此，深海大洋多呈蓝色；

近海海水，由于悬浮物质增多，颗粒较大，所以，近海海水多呈浅蓝色；近岸或河口地域，由于泥沙的颜色使海水发黄；某些海区当淡红色的浮游生物大量繁殖时，海水常呈黄色或淡红色。

如此色彩缤纷的海，是大自然的杰作。

地球是太阳系中唯一拥有大陆和海洋地壳的行星。全球海洋总面积约 3.6 亿平方千米，约占地表总面积的 71%，相当于陆地面积的 2.448 倍。全球海洋的平均深度约 3800 米，最大深度超过 11000 米。全球海洋的体积约为 13.7 亿立方千米，相当于地球总水量的 97% 以上。

海洋是地球水圈的重要组成部分，同大气圈、岩石圈以及生物圈相互依存，相互作用，成为调节地球表面环境和生命特征的一个基本环节。

2 人类的摇篮和故乡

缓缓转动硕大的地球仪，最先映入眼帘的是连绵成片、无际无涯的蔚蓝色，如同一张天鹅绒丝幕，包围着黄绿相间的陆地。

这就是说，人类赖以生存的星球，绝大部分地域是蓝色海洋。由此看来，地球似乎不应该名曰地球，而称之为"水球"更为准确一些。换句话说，生命与水有关。

现代科学的研究普遍认为生命起源于海洋，原因有二：首先，水是生命体的重要组成部分，是进行生命活动的基础物质；其次，海洋为生命的诞生和繁殖提供了天然的庇护场所，丰富的海水能有效地遮挡紫外线，避免生命遭受损伤。

大约在38亿年以前，陆地还是一片洪荒之时，咆哮的海洋中就开始孕育最原始的生命细胞了。潮涨潮落，云卷云飞。经历了若干亿年风风雨雨，这些细胞逐渐演变成单细胞藻类。在光合作用下，产生了氧气和二氧化碳，为生命的进化准备了条件。水母、三叶虫、鹦鹉螺、蛤类、鱼类等陆续出现了。

由于月亮和太阳的引力作用，产生海洋潮汐现象。涨潮时，海水拍击海岸；退潮时，又把大片浅滩暴露在阳光下。原先栖息在海洋中的某些生物，在海陆交界的潮间带经受了锻炼，加之臭氧层的形成，阻挡了紫外线的伤害，它们小心而勇敢地登上了陆地，进而逐渐演变成爬行类、两栖类、鸟类，以及其他哺乳动物。物竞天择，弱肉强食，历经种种磨难，终于诞生了具有高等智慧的人！

海洋，是人类的摇篮和故乡。

它为生命的诞生与繁衍提供了必要的条件。比如，海洋是风雨的故乡，它在调节和控制全球气候方面，起着举足轻重的作用；海洋是交通的要道，它连通五大洲四大洋，把天堑变为经济便捷的运输途径；海洋是现代高科技研究的基地，是人类探索自然奥秘、发展高科技产业的重要领域。

其中,最为重要的一点,海洋是资源的宝库,它给人类提供了极为丰富的生物蛋白质和多种矿物资源。

据探测,海洋里有储量巨大的锰结核。这是一种沉淀在大洋底的矿石,含有钴、镍、铜等 30 多种金属元素,全世界海底锰结核的总储量在 30000 亿吨以上,以现在的人类需求足够全世界开采上万年。

此外,海底有大量的石油和天然气。现已探明的海洋石油储量约为 380 亿吨,占全球石油资源总量的 34%。天然气则占世界储量的一半左右。由甲烷气体分子和水分子,在低温高压的环境中形成的天然气水合物,又被叫做"可燃冰",也是人类的未来能源之一。

然而,要想获得这些"宝贝",就需要想办法进入海洋深处……

法国杰出的作家儒勒·凡尔纳,在他写的《海底两万里》一书中,主要讲述深海潜艇"鹦鹉螺"号的故事:

1866年，海上发现了一只疑似独角鲸的大怪物，博物学家和生物学家阿龙纳斯教授及仆人康塞尔受邀参加追捕，在追捕过程中不幸落水，来到了怪物的脊背上。他们发现这竟是一艘构造奇妙的潜艇。船身坚固，功能齐全，利用海水发电。船长尼摩是个不明国籍的神秘人物，他邀请阿龙纳斯来一场海底旅行。

他们从太平洋出发，经过珊瑚岛、印度洋、红海，进入地中海、大西洋。旅途中，阿龙纳斯一行人看到了无数美景，同时也经历了许多惊险奇遇。最后，"鹦鹉螺"号在北大西洋上遭到一艘驱逐舰的炮轰，潜艇上除了三名俘虏外个个义愤填膺，用"鹦鹉螺"号的冲角把驱逐舰击沉。不久，他们在潜艇陷入大漩涡的极其险恶的情况下逃出了潜艇，被渔民救上岸……

令人称奇的是，在儒勒·凡尔纳创作《海底两万里》的时代，世界上还没有一艘可以在水下遨游的潜水器，而他却已经在小说中塑造了"鹦鹉螺"号潜艇。

其实，儒勒·凡尔纳并非先知，更不是由未来穿越而来，他的秘诀就在于广泛的资料收集和尽情发挥无与伦比的想象力。他从小好学上进,喜欢探求未知世界,长大后又十分关注科学发展动态,将最新的科技成果写进了这部小说,朝着枯燥冰冷的科学数据里吹进一阵浪漫主义之风。

书中主人公曾这样感叹道:"实在是难以形容、难以描绘的景象!啊!为什么我们不能交换彼此所感受到的?为什么我们被关禁在这金属玻璃的圆盔中?至少,希望我们的生活能跟繁殖在海水中的鱼类一样,或更进一步,能跟那些两栖动物一样,它们可以在长时间内,随它们的意思,往来地上,游泳水中!"

这是儒勒·凡尔纳向未来发出的呼吁和邀请。海底,人们应该并且就要来了。这部作品为人们勇于探秘深海起到了启迪与促进作用。虽然很久以前就有人渴望研制潜艇了,但大都在试验阶段,《海底两万里》问世之后,人们大受启发,制造出一种真实可用的潜艇,从外观样式到内部结构,都与小说中描写的"鹦鹉螺"号大同小异。

3　潜入水下世界

19世纪的潜艇基本是沿着作为战争武器的方向发展。因此，它通常没有观察外部的舷窗，乘员难以在水下了解外面的情况；而且，潜艇为军事行动而设计的构造，也决定了它不可能潜得太深。时至今日，只有极少数潜艇能突破1000米深度的大关。想要在深海进行真正的长时间水下研究，就需要一种全新的潜水机械。

19世纪末叶，欧洲一些国家出现了没有动力只追求下潜深度的另类"潜艇"，它们或许可以被认为是深海潜水器的"鼻祖"。而人类历史上第一只深海潜水球"进步世纪"号的诞生，则要归功于美国海洋学家威廉·毕比的研究。它由母船钢缆悬吊，潜入水下244米。从它身上，已经能看到现代潜水器的

雏形。

真正研制出具有实用价值深海潜水器的人,是瑞士的皮卡德父子。从孩提时期起,奥古斯特·皮卡德就格外喜爱物理和机械。大学毕业后,他获得了机械工程学位,成为布鲁塞尔大学最年轻的教授。一天,他躺在花园里绿茵茵的草地上,出神地观望着蔚蓝色的天空,那富于奇思妙想的脑海又翻腾起来:能不能制造一种独立沉浮并自航的潜水器呢?

一个又一个设计方案拿出来后,又一次再一次地被推翻。奥古斯特·皮卡德苦思冥想。在科学发展史上,常有"触类旁通"的灵感现象。那天,他正对着满桌的草图发呆,忽然,举手拍着额头嚷起来:"有了!有了!"

原来,多年研制高空气球的经验,点燃了他发明思路的火焰。他把气球携带密封吊舱的原理,引用到潜水器的设计上来,称之为"水下气球"。两者十分相似:均由主宰浮沉的浮体和载人的耐压球形舱组成。下潜时,让水灌入浮体,压缩里面的汽油,致使浮力减小而下沉。上浮时,则把水排出,并切断电源,让电磁吸住的钢丸自动抛掉,从而取得足够的浮力。这样一来,潜水器就可以完全脱离系缆绳,在海洋里自由地沉浮和航行。这是一个里程碑式的突破。

1948年,奥古斯特·皮卡德终于研制成世界上第一艘自航载人潜水器"FNRS-2"号。耐压球形舱直径2米,壁厚90毫米,能抗400个大气压。也就是说,这艘潜水器可以潜入4000米海底。为了获得可靠的数据,皮卡德决定自己驾驶这艘潜水器进行试验。当按预定计划下潜到25米时,奥古斯特·皮卡德松了一口气,立即抛载上浮。

初战告捷!证明这种理论和设计是完全可行的。只不过应该不断完善改进,使之下潜得深点、再深点。不久,奥古斯特·皮卡德对潜水器的结构强度和沉浮系统进行了改造,研制出了第二个"水下气球"——"FNRS-3"号。并且,带着儿子雅克·皮卡德一起驾驶它,潜入了1000米左右的深海。

这一年,老皮卡德已经66岁了,尽管雄心万丈,但年岁无情,他决心培养儿子成为深海探险事业的接班人。小皮卡德自小耳濡目染,养成了同样热爱科学、勇于探索的进取精神。1953年，他们来到了意大利的港口城市的里雅斯特，建造了第三艘深海潜水器。为了纪念和感谢当地人的支持，就以这座城市命名为"的里雅斯特"号。

然而，这种类型的大深度载人潜水器，需要很大的浮力舱，又要在海上装载大量汽油，且缺乏自主巡航能力，建造与使用均很不方便。所以，此类潜水器以后就没有继续大规模发展。不过，人类征服深海的步伐并没有停止，而是将视线转向自由自航式潜水器的研制。

1959年，英国研制的第一艘自由自航式潜水器下水了，名字叫"潜碟"，后改称"SP-350"，重量不到4吨，可以下潜到305米的深度，它的诞生标志着第二代载人潜水器的正式发展。可惜的是，他们没有沿着这条道路继续走下去，而是将机会让给了其他几个科研能力强、经济实力雄厚的大国。

法国一马当先。他们本是科幻小说《海底两万里》作者儒勒·凡尔纳的故乡人，探秘海底自然不愿落于人后，在20世纪80年代中期即首先研制出工作水深6000米的"鹦鹉螺"号载人潜水器。瞧，连名字都来自那部小说。迄今为止，"鹦鹉螺"号已进行过多金属结核区域、海沟、深海海底生态等调查和沉船、有害废料搜索等潜次，下潜海底近2000次。

1987年，苏联和芬兰联合研制了两艘最大下潜深度为6000米的载人潜水器，分别称为"和平1"号和"和平2"号，重量均为19吨。水下瞬时航速高达5节，垂直潜浮速度可从每分钟几厘米到每分钟35~40米，备有高分辨率的摄像系统，两只多自由度机械手及一套取样装置。

第二次世界大战结束之后，日本作为一个海岛国家自然不会对深潜无动于衷，早在20世纪六七十年代便着手研制无人和载人潜水器。1989年建成了最大下潜深度为6500米的载人潜水器，命名"深海6500"号。它可搭载3人，水下作业时间8小时，装有三维水声成像等先进的观察装置……

当然，此类载人潜水器的典型代表还得是美国的"阿尔文"号。

它始建于20世纪60年代初，由美国海军提供资金建造，美国伍兹霍尔海洋研究所负责运营，主要用于科学考察，可同时搭载 1 名驾驶员与 2 名观察员。最大下潜深度为 1868 米，排水量 12 吨，长度为 7.13 米，高 3.38 米，宽 2.62 米，航行半径为 9656.1 米，航速可达到 1 节，由 5 个水力推进器驱动，并安装有一套由铅酸电池提供电能的供电系统。

自问世以来，"阿尔文"号在水下创造了诸如海深测量、打捞物品、发现热液生物和冷泉生物等伟业奇功，名闻世界。1972 年，它换上了新的钛金属壳体，将下潜深度提高到了 3658 米。1994 年则能够到达 4500 米。每年大约下潜 150 至 200 次，总计已进行了超过 5000 次的深海科学考察，被人们称作"历史上最成功的深海潜艇"。

1977 年，海洋科学家在"阿尔文"号的帮助下，于加拉帕加斯群岛海岸线附近的大西洋中发现了热液孔。在其帮助下还发现并记录了约 300 种新型动物物种，包括细菌、长足蛤类、蚌类和小型虾类、节肢动物以及可在一些热液出口处成长为 3.05 米长的红端管状虫类。以此为标志，引发了一场持续至今的涉及海洋、生命等学科的革命，打破了"万物生长靠太阳"的传统理念。

科学没有国界。"阿尔文"号潜水器主要是为科学家们服务的。任何美国科学家或者与其合作的外国科学家，都可向美国国家科学基金会申请使用"阿尔文"号。几十年下来，各国海洋学者通过乘载"阿尔文"号潜水器开展科研工作，陆续发表的科学论文已有2000多篇。

毋庸讳言，我们中国的"蛟龙"号深海潜水器，在研制和海试期间，也曾从"阿尔文"号上获益匪浅，得到过它直接或间接的帮助。

所有这些潜水器，不管是载人的，还是无人的；无论是探险的，还是科考的，要想在大深度的水下试验成功，就必须去地球最深极——世称"第四极"的马里亚纳海沟……

4 最深极：马里亚纳海沟

翻开世界地图，人们会看到在雄浑壮阔的亚洲、美洲和南极洲之间，有一片汪洋大海，几乎囊括了整个地球的三分之一。这就是世界上最大的海洋——太平洋。

众所周知，我们赖以生存的地球有四大洋，即太平洋、印度洋、大西洋、北冰洋。

毫无疑问，太平洋是地球第一大洋，覆盖着地球约46%的水面以及约32.5%的总面积。它包括属海的体积为71441万立方千米，不包括属海的体积为69618.9万立方千米，跨度从南极大陆海岸延伸至白令海峡，西面为亚洲、大洋洲，东面则为美洲。

这片海域可分为中部深水区域、边缘浅水区域和大陆架三大部分。与大西洋、北冰洋和印度洋相比，太平洋的海域水深是最深的。在菲律宾东北、马里亚纳群岛附近的太平洋底,北起硫黄岛、西南至雅浦岛附近,有一条马里亚纳海沟,全长 2550 千米,平均宽 70 千米,大部分水深在 8000 米以上,最深处达 11034 米。

我们知道,人类赖以生存的地球并不是一个正球体,而是一个两极稍扁、赤道略鼓的不规则球体。如果把两端南极和北极称为第一极、第二极,而珠穆朗玛峰是第三极,那么地球表面最深处的马里亚纳海沟,就堪称世界最深极——第四极!

这样神奇的自然景观是怎么形成的呢?

在地球上分布着六大板块,除了太平洋板块几乎全是海洋之外,其余的五个板块既包括了大陆,又包括海洋。马里亚纳海沟位于太平洋板块和亚欧板块的消亡边界,这两个板块相互挤压碰撞,导致太平洋板块俯冲到亚欧板块之下,形成了这条深邃的海沟。

整个海沟的形状为弧形,像一弯月牙,又像一把弯刀,深深地镶嵌在太平洋海底。近代以来,人们对这条海沟产生了浓厚的兴趣。它的深度到底是多少?

如此深的海底有没有生物和矿物?

"勇敢的探索者们,前进吧!"

"放心吧,我们一定会如期返航的……"

1872年12月21日,在英国著名的海滨城市朴次茅斯,一艘三桅蒸汽动力帆船粗大的烟囱里冒着缕缕浓烟,升火待发,这是伦敦皇家学会组织的全球科学考察即将启航了。

此船身长68.9米,排水量2300吨级,它原是英国皇家海军的一艘军舰,在几位科学家的提请倡议下,租借给伦敦皇家学会,船上装备了独立的博物学和化学实验室,专为海洋科学考察使用,被命名为"挑战者"号。

这次考察令人印象最深的一天,是在1875年3月23日。那天,科考队在位于关岛与帕劳之间太平洋洋面的第225号观测站实施测深,测得深度竟有4475寻,也就是8184米,成为有史以来人类发现的海底最深处。因其在马里亚纳群岛附近,便称之为"马里亚纳海沟",简称"马沟"。

它的最深处被命名为"挑战者深渊"。千百年来,这里从未有人的足迹到达，直至20世纪60年代初，才终于有人前来"挑战"……

1960年1月23日，一场席卷太平洋的风暴刚刚平息，马里亚纳海域仍然风急浪高，天空中翻滚着连绵成片的云絮，海面上的空气潮湿沉闷。站立在母船甲板上的瑞士深海探险家雅克·皮卡德，眺望着浩瀚奔腾的大海，心潮翻涌。因为，这艘原创于瑞典现被美国海军收购的潜水器"的里雅斯特"号，马上就要在这个全球最深的海沟冲击万米深度大关了！

一场充满了神秘冒险色彩的深海旅行开始了！他们按步骤操作起来，海水灌进了浮体，潜水器与喧嚣翻腾的海面告别，缓缓下沉。雅克·皮卡德看了一眼手表，这一历史性的时刻是8时23分。很快，"的里雅斯特"号进入了一个格外静谧的水下世界。

不久，观察窗外有几只好像发光水母的生物飘荡过来，雅克·皮卡德感慨道："如此生物在深海大洋里，还能生机盎然。难道人类还不如这些小生命吗？"

13时06分，"的里雅斯特"号轻轻抖动了一下，平缓地降落在布满白色沉积物的海底，溅起了一片淡淡的尘埃。这是雅克·皮卡德平生最自豪的一次深海探险之旅,他激动地伸出颤抖的手,抓起水声电话叫喊起来:"挑战者深度,超过10000米,报告完毕。"

消息立即随着电波传遍全世界,人类足迹到达了世界最深的海沟。其意义丝毫不亚于探险家到达南、北极,登山家初次登上珠峰。

时光列车驶过了三十多年,这片幽深的海底又一次被人类打破了平静。不过,它是一"位"犹如城市电车那样,拖着一条长长电缆的机器人。

1995年3月,日本的缆控式无人潜水器"海沟"号,成为继"的里雅斯特"号之后第二艘抵达"挑战者深渊"的潜水器。它长3米,重5.4吨,装备有复杂的摄像机、声呐和一对采集海底样品的机械手。可以说,"海沟"号是日本海洋科技界的"国宝",建成后在深海探测方面立下了汗马功劳。

这次它来到马里亚纳海沟,潜水测到的最大深度是10911.4米,也是迄今为止无人潜水器到达过的最大深度。"海沟"号在这一深度为大洋底生物(底栖生物),包括管虫(多毛虫)和虾子等拍摄了一些很有科研价值的照片和视频。

十分可惜,"海沟"号与后来的美国无人潜水器"海神"号,都在进一步探寻深海奥秘时,由于各种原因意外"失联"了。

看来在人类文明进步的征程上,不仅仅是科学家、探险家在拼搏奋斗,就连仪器也做出了巨大的贡献,甚至光荣献身。然而,这些挫折和磨难并没有阻止人类探索未知世界的脚步……

小贴士

1.《海底两万里》是一百五十多年前的一部小说,对于当时的欧洲人来说,小说中描述的海底世界的见闻和"鹦鹉螺"号的先进科技都充满了魔幻色彩。作者儒勒·凡尔纳在这部小说中融合了当时欧洲科学家对于海洋生物、地理大发现之后的海洋版图以及当时最先进的电力等科技的元素,也加入了个人非凡的想象。在对海洋的探索上,东、西方世界其实都已经很早就开始了,但一直以来主要是西方各国的科学界主导了深潜技术的发明和对海洋的探索。

2. 马里亚纳海沟，简称马沟，是目前已知世界上最深的海沟，地处北太平洋西部海床，全长2550千米，为弧形，平均宽70千米。这里水压高、完全黑暗、温度低、含氧量低，且食物资源匮乏，因此成为地球上环境最恶劣的区域之一。如果把世界最高的珠穆朗玛峰放在沟底，峰顶将不能露出水面。不少的登山家成功地征服了珠穆朗玛峰，但探测深海却极其困难。

第二章

世界上最后一片『公土』

1　　蓝色圈地运动

茫茫地球在浩瀚的太空中日夜不停地旋转着，犹如一个硕大的始终不落的橄榄球。在其自转轴的最北端，也就是北纬66度34分以北的广大区域，叫做北极地区。

它包括北冰洋、边缘陆地海岸带及岛屿、北极苔原等。这里丰富的鱼类和浮游生物，为夏季在这里筑巢的数百万只海鸟提供了丰富的食物，同时也是海豹、鲸、熊和其他海洋动物的食物来源。

北极从每年的11月开始，接近半年时间完全看不见太阳。温度降到零下50摄氏度，所有海浪和潮汐都消失了，海岸冰封，风裹着雪到处肆虐。由于气候环境十分恶劣，北极人口稀少，千百年以来，只有少量因纽特人在此生存繁衍。但自从发现了海底石油等矿藏，这里再无宁日……

时光的车轮驶到 2007 年 8 月 2 日，正是北极圈一年之内最温暖、最舒适的时节，便于开展各种探险和科考工作。两艘外表涂着俄罗斯国旗的深海载人潜水器——"和平 1"号、"和平 2"号，先后由停泊在北冰洋洋面的俄罗斯科考船缓缓布放下潜，平稳而快速地潜入深海中。

这支俄罗斯科考队由知名北极专家、国家杜马副主席阿尔图尔·奇林加罗夫率领。经过周密策划，意在完成一项意义重大的国家任务。莫斯科时间 12 时 08 分，"和平 1"号抵达了 4261 米的海底。潜航员拿起通话器向指挥部报告："我们已经坐底，完成了各种准备，请指示！"

随着一阵嘶嘶的电流声，母船指挥部的指令下达了："很好，可以按照预定计划执行！祝你们成功，你们是俄罗斯的英雄！"

"明白。为祖国服务！"随同下潜的阿尔图尔·奇林加罗夫在潜航员的协助下，透过观察窗操作机械手，小心翼翼地将一面高 1 米、能保存 100 年左右的钛合金俄罗斯国旗从取样篮里取出，深深地插在了北冰洋海底。同时抵达海底的"和平2"号载人潜水器，为此次行动拍照摄像，向外界公布。

这一消息传遍世界后，立即引起了轩然大波。加拿大联邦政府外交部当天便向俄罗斯表达不满："这不是15世纪，你们不能随便走到一个地方，插上一面旗子，就说这是你的地盘了。"

美国国务院发言人也不无讽刺地说："我们不太清楚他们在海床上放了一面金属旗子，一面橡胶旗子，或是一张床单的用意，但无论如何，这种做法都没有法律意义和效果。"

原来，由于北极地区的冰川下面资源丰富，北冰洋周边国家垂涎不已，明争暗抢愈演愈烈。虽然1961年《南极条约》冻结了各国对南极主权的争夺，但有关北极问题，目前尚无类似约束。因而，周边国家俄罗斯、美国、加拿大、丹麦、挪威等纷纷向北冰洋派遣考察队，积极展开考察活动。

美国是所有环北极国家中唯一未加入《联合国海洋法公约》的国家，而它的阿拉斯加州就位于北极圈附近，更是倍加关注北极问题。2007年，美国发布名为《21世纪海军合作战略》的文件，把北极局势列入"新时代挑战"名单；2009年，美国提出在北极地区建立导弹防御和预警系统，并授权波音公司研发卫星进入北极上空轨道，为其在北极的军事行动提供支援。

而有"北极熊"之称的俄罗斯更是强硬。2009年，他们发布北极地区国家政策原则，提出分阶段实施北极战略规划，确保实现"俄罗斯在北极能源资源开发和运输领域的竞争优势"。2014年12月1日，俄罗斯北极战略司令部正式开始运作，旨在保护俄罗斯在北极地区的利益。

北冰洋看似冰封的世界，实则已像随时可能爆发的火山了……

人类对于海洋，始终是敬畏而又热爱的。

从15世纪到17世纪中叶，是封建社会向资本主义过渡的时期，世界进入了大航海时代。葡萄牙的第一批船只绕过好望角，掀开了西方殖民世界的篇章。此时的国家利益，就是利用全球海上通道，跨海占领殖民地，发展航海事业和世界性商业，进行资本的原始积累，占领海外原料产地和商品促销市场。

而后，17世纪中叶到19世纪，欧洲步入资本主义时代，英国称霸海洋；19世纪的最后阶段，欧美一批国家进入帝国主义阶段，英、法、俄、美、德、日成为海洋强国，也是世界强国；中国"洋务运动"曾想大力发展海军，但是，这个愿望由于清廷当局昏庸腐朽而没有实现。

第二次世界大战之后，全球进入了新海权时代。主要特征是和平与发展，包括经济全球化、世界多极化、可持续发展等。海权本身也向多元化方向发展，将海上军事力量、经济力量、科技力量、管理能力等结合起来。此时，出现了几类海洋强国：美国是海洋霸权国家；俄罗斯、英国、法国是二流海洋强国；日本和德国是开发利用海洋的强国……

本来，世界上的全部海洋，除分别属于各沿海国家的内海、领海和国家管辖范围以内的海域外，都是公海。公海不受任何国家主权的管辖，各国有平等使用公海的权利。所以，也应该说那是世界上的"公土",属于全人类的蓝色"公土"。

事实上,那汹涌澎湃的蓝色海水下面,还有同样的大片大片的海底土地,里面埋藏着远比陆地上丰富得多的宝藏。各国争夺海域,实际是更为看重海底的各种资源。

随着深海潜水技术的不断完善,有此能力的国家越来越深入地去考察海底。占有丰富海洋资源的渴望与探索生命起源的热情,使全世界兴起了新一轮开发海洋深层以及海洋底部的热潮,对此,人们形象地称之为"蓝色圈地运动"。

在关系到国家发展和民族生存的重大利益面前,我们中国人不能只做一名"旁观者"!

2 走向海洋的"863"

探秘深海,没有"利器"是不行的。

联合国国际海底管理局规定:申请公海海域矿区,必须提交完备的海洋地质和矿物资料,而要取得这些珍贵而难得的海底资料,必须依赖于先进的高科技深海探测器。在20世纪80年代之前,世界上具有深海载人潜水器和探测能力的,只有美国、法国、俄罗斯、日本等少数几个国家。

那么,中国的海洋科研活动——包括海洋装备研发制造是如何启航的呢?研究中国高科技发展的专家、美国传统基金会研究员迪恩认为:"863计划"(国家高技术研究发展计划)是一个转折点,它提高了中国的自主创新能力,并使中国在世界高技术领域占有一席之地。

1986年早春，乍暖还寒的一个晚上，中国科学院学部委员、已经70岁的陈芳允悄悄来到中关村中科院宿舍，敲响了另一位学部委员、中国科学院技术科学部主任王大珩的家门，准备商议一件重要的大事。原来，面对以美国"星球大战计划"、西欧17国的"尤里卡计划"等为代表的国际高科技动向，这些德高望重的老科学家们坐不住了。

　　两人深入地聊了一个晚上，一致认为：世界高技术蓬勃发展、国际竞争日趋激烈，中国这次要是再抓不住机遇，恐怕在下个世纪就难有立足之地了。陈芳允提议："我们是不是联名给中央领导人写封信，这样可能事情更好办一些，落实起来也更快一些。"

　　王大珩拍拍沙发扶手说："这个点子好，咱们就这么办吧！"

　　此后，王大珩以科学家的严谨精神遍查各种资料，潜心思考，用了整整一个月的时间，修改整理了无数遍，终于形成了一份《关于跟踪研究外国战略性高技术发展的建议》的初稿。陈芳允看过后十分兴奋。王大珩又分别送给两位科学界元老，也是我国"两弹一星"英雄、著名核物理学家王淦昌和航天技术及自动控制专家杨嘉墀过目，并得到了他们的一致支持。

四位科学家的建议信很快就送到了中央领导人的案头，并在两天后就得到了批示。

三天后，国务院便召集有关方面的负责人，对四位科学家的建议信进行了充分的讨论。接着，国务委员张劲夫邀请四位科学家就信中所提到的有关问题专门作了一次交谈。

张劲夫详细听取了四位科学家的意见后，问了一个最关键的问题："这个计划你们做过预算没有，大体需要多少钱？"

他们四人相互看了看，谁都没有先作回答。别看他们谈起科学问题来头头是道、滔滔不绝，但穷惯了也节省惯了的科学家一旦真要说起钱来，便有些难以启齿了。再说，科研经费是个很难说的数字，说少了，高科技很难搞起来；说多了，又担心把大家"吓"着。

"说吧，没关系。"张劲夫当然知道四位科学家的心理，便鼓励道，"你们说个基本的数字出来，我好向国务院领导汇报。下一步作经费预算时，也好有个底。"

王淦昌这才说了一句:"能省就尽量省吧,一年能给两个亿就行。"

1986年4月,全国200多名科学家云集北京,讨论研究制定有关国家发展高新技术的问题。经反复探讨和论证,最终形成了《国家高技术研究发展计划纲要》。从世界高技术发展趋势和中国的实际出发,坚持"有限目标,突出重点"的方针,共选了7个领域的15个主题项目。即生物技术、航天技术、信息技术、激光技术、自动化技术、能源技术、材料技术……

国务院决定拨款100亿组织实施。因为四位科学家写信的时间和中央领导人批示的时间都是1986年3月,故这个高技术发展计划被称为"863计划"。上万名科学家在各个不同领域协同合作,各自攻关,很快就取得了丰硕的成果。

应该说,"863计划"的提出与实施,是我国科教兴国的一个重大战略部署,为我国在世界高科技领域占有一席之地奠定了坚实的基础。后来随着国家需求和战略意识的增强，在具体实践中又不断加以完善，陆续组织了一些重大科技攻关专项。

具有深远历史意义的是，不久就增加了"海洋技术"领域，包括海洋探测与监视、海洋生物与海洋资源开发、海洋高技术装备等主题。

"863计划"就这样走向了海洋。

其中有一项重大海洋装备课题：研制6000米水下机器人。

1992年，中国科学院沈阳自动化研究所（以下简称"中科院沈阳自动化研究所"）上报科技部的6000米自治水下机器人得到了批准立项，并列为"863计划"的重大课题。

这是一个世界性高水平项目。水深，压力就大，对于材料、通信、自动控制等都有严格的要求。作为"863"海洋装备首席科学家、中科院沈阳自动化研究所所长的蒋新松，找到了老伙计——中国船舶重工集团有限公司第七〇二研究所（以下简称"中船重工七〇二所"）的研究员徐芑南。

蒋新松对徐芑南说："老徐，你来当总设计师，咱们一起干吧!"

"好!不过所里还有任务,不知能不能抽出身来。"

"这是'863计划'项目,全国一盘棋,你放心大胆地干,其他的事情我来协调。"蒋新松胸有成竹地说。

果然,在长达四年的研制过程中,蒋新松作为这个项目的总负责人殚精竭虑,组织协调中国科学院声学研究所(以下简称"中科院声学研究所")和中船重工七〇一、七〇二所等几十个单位联合攻关,卓有成效,获得了国家有突出贡献的优秀科学家称号。1994年,蒋新松当选为首批中国工程院院士。

总设计师徐芑南也不负众望。他常年奔波于沈阳、北京、无锡之间,带领团队一心一意设计研发。经过六年的艰苦努力,研制出两台先进的无缆水下机器人,工作深度达到1000米,甩掉了与母船间联系的电缆,实现了从有缆向无缆的飞跃。

非常可惜的是,正在他们积极准备进行太平洋应用试验时,中国工程院院士、水下机器人事业的领军人物蒋新松,却因积劳成疾,于1997年3月突发心脏病去世！

就在这一年的6月，波翻浪涌的太平洋上，驶来了中国科考船"大洋一号"。船员们忍受着40摄氏度以上的高温，拥到摇晃的甲板上焦灼地俯视大海，终于，在指令时间和指令位置欣喜地发现了它——旋上水面的机器人，现场一片欢呼："看啊，在那儿，上来了！我们成功了！"

原来，这正是中国6000米自治水下机器人在进行应用性海试。它的成功，无异于发射了一颗返回式"海洋卫星"，标志着中国水下机器人技术一举达到了国际先进水平。从某种意义上说，这也为发展载人潜水器迈出了关键性的一步，将会载入水下机器人发展史册。

蒋新松如果能看到这一幕，一定会绽开欣慰的笑容。

如今，我们回顾中国首艘载人深海潜水器"蛟龙"号的研发历程，不应忘记这位曾研究中国水下机器人的前辈和先驱。中国科技事业就是这样一代代前仆后继、继往开来发展起来的……

3 越洋电话请来了"老帅"

2002年年初的一个晚上,忙碌了一天的人们正准备上床休息,一个来自中国的越洋电话打到美国某地。接电话的是一位老人,他的名字叫徐芑南,原中船重工七〇二所的研究员。此时,他已经退休六年了,与老伴来到在美国定居的儿子家里安度晚年。可这个电话,让他的生命之树绽开了新花……

中国工程院院士、曾任七〇二所所长的吴有生教授在电话中告诉徐芑南:"老伙计,7000米级载人潜水器立项了!我们想来想去,还是要请你出山,这个总设计师非你莫属!"

"是吗?太好了!"对徐芑南而言,潜水器是他永远割舍不下的情缘,在此之前,有缆的、无缆的、无人的、载人的,几乎所有种类的潜水器,他都做过。

而做大深度载人潜水器,则是他多年的夙愿。于是他在电话里说:"我一定参加。不过,我年龄大了,做个顾问就行了。"

放下电话,徐芑南激动地在房间里走来走去,招呼妻子、儿子马上订机票,恨不得第二天就回国。可家人们担心:这一年他已经66岁了,而且身患心脏病、高血压、偏头痛等多种疾病,一只眼睛仅存光感。当初参加6000米水下机器人的海试归来,查出一天心脏早搏1600多次,他现在需要安心休养!

"盼了多年的项目终于立项了,是令人高兴,可你的身体行吗?"妻子方之芬与他同在七〇二所工作过,深知丈夫的心愿,更了解病痛对他的折磨,一时间处在了两难之中。

"爸,您就别逞强了。如果累坏了身体,自己受罪不说,还会影响项目进程。我们不同意您回去。"儿子、儿媳坚决表示反对。

徐芑南摆摆手,说:"你们啊,只知其一不知其二,我一思考潜水器,头就不痛了,血压也不高了。只要能为国家做好潜水器,我身上就感觉舒坦。"

一时间，谁也说服不了谁。

夜深人静，月亮升起来了，又大又圆。徐芑南夫妻俩一丝睡意也没有，还在你一言我一语悄声谈论着。方之芬毕业于华东理工学院，这些年不但把家务全承担下来，还为丈夫的科研事业做了大量辅助工作。大深度载人潜水器终于立项了，她同样欢欣鼓舞。只是丈夫的身体，令她充满了担忧！

"我知道这个机遇太重要了，不过……"方之芬欲言又止。

她想起了曾为发展中国水下机器人事业奋斗过的蒋新松院士，正是在66岁那年积劳成疾突然离世的，如鲠在喉的话终于说出了口："芑南，今年你也是66岁，而且身体又不好，蒋院士就是在66岁时走的……"

刚说完这句话，方之芬就后悔了，怎么能胡乱联系呢？然而徐芑南非常理解相濡以沫半个世纪的妻子的心情：这句话埋藏着多么深厚的感情啊！他拉过妻子的手，紧紧握着："别担心，如果不让我参加，我会成天思虑这件事，可能更不利于身体健康。咱们把这个项目做好了，大家都会高兴的。再说，我不是有你嘛！你就是我的幸运星啊！"

"你呀……"方之芬被丈夫的一席话解除了顾虑，脸色多云转晴了。

徐芑南走到落地窗前，拉开厚厚的窗帘，一缕明亮的月光照进了卧室，感觉到犹如家乡伸来了一双热切的手。他回身向妻子点点头，又指了指窗外，方之芬会意地一笑。两人久久凝望着窗外的圆月，心已经回到了长江之畔、太湖之滨……

两天后，徐芑南和妻子说服儿子、儿媳帮忙办好手续，放弃了安逸的晚年生活，携手飞回国内，投身到7000米级载人潜水器的研发与试验之中。

按说，国家"863计划"对于一个项目的总设计师，是有年龄要求的：60岁以内的在职工程技术人员。徐芑南也做好了当顾问的准备，只要能参加这个项目就行。可是，大家分析来分析去，感到还是他最合适。因为做总设计师要具备两个基本素质：一是业务全面；二是协调能力强。这些徐芑南都具备。

负责组织攻关的总体组组长刘峰，早在20世纪90年代初，就通过研发无人自治式潜水器结识了徐芑南，深为他的学识和人品所折服。7000米级载人潜水器重大专项刚一获批，刘峰首先就想到了这位老专家，并极力推荐其担任总设计师。可徐芑南已退休多年，事情操作起来并不容易。求贤若渴的刘峰便直接给时任所长打电话，甚至半开玩笑半认真地说："你们要是不能把徐总请出来，这个项目就不知花落谁家了！"

"呵呵，你别用激将法，咱们英雄所见略同，我们早就想到他了。"

果然，徐芑南答应"出山"后，中船重工七〇二所和项目总体组联名向主管部门打报告，科技部领导慎重研究后破格批准：聘任已经66岁的徐芑南为7000米级载人潜水器总设计师。这一任职，就是整整10个春秋……

有人说，徐芑南的人生高度，几乎可以用中国深海潜水器的下潜深度来衡量：600米、1000米、3000米、6000米、7000米！可以说，中国载人深潜每前进一步都有他的杰出贡献，他的梦想随着潜水器的下潜，不断深入更蓝更深的海域。

徐芑南是浙江宁波镇海人，1936年3月出生，正是"国破山河在，城春草木深"的年代。镇海地处甬江入海口一带，招宝山被称为"浙东第一山"，地势险要，历代为海防要地。鸦片战争时，钦差大臣裕谦监防督战，在此顽强地抵抗英国侵略军。最后，强敌攻破了镇海城防，裕谦投海殉国。

历史上有海无防、落后挨打的屈辱，深深地印在徐芑南的心里，于是他从小立下了好好学习、将来报效祖国的志向。1953年，刚满17岁的徐芑南从上海南洋模范中学毕业后，更加坚定了为保卫海疆当一名造船工程师的理想。同年，他如愿考入了上海交通大学造船系。

通过大学认真的学习，徐芑南打下了扎实的理论功底。毕业时，他填报的分配志愿是船舶设计所或造船厂，一心想亲手为国家造大船。不料，却被分配到了中船重工七〇二所，他以为这里只是研究单位，便找到管分配的老师想换一换。老师说："研究也要设计，别人想去还去不了呢！你去了就知道了。"

"是吗？那我服从分配。"当时，我国海军建设和国防科研事业发展迅速，但基础薄弱、技术缺乏，急需科技攻关。来到七〇二所后，徐芑南被派去做潜艇试验。本来他的毕业设计是"水面舰船"，这一下却要改变方向了，可想到国家的需要，徐芑南毫无二话，由此他的事业就从水上潜入水下。

说来也有意思，被分配去研究潜艇的徐芑南，此前还没见过真正的潜艇，所有关于潜艇的知识都来自书本。他意识到，年轻人光有勇气还不够，更重要的是有底气，这个底气就来自知识的积累。于是他主动请缨下基层，来到了青岛的海军潜艇基地，成为一名"舰务兵"。

青岛是一座美丽的海滨城市，红瓦绿树，碧海蓝天，迷人的汇泉湾海水浴场，雄奇的海上第一名山——崂山，来到青岛，人们一般都要去观光游览。可这些丝毫引不起青年徐芑南的兴趣，他百倍珍惜这次"当兵"的机会，一步也舍不得离开潜艇基地。至今回想起来，徐芑南仍然觉得这是他人生中一段非常重要的时光："我终于知道我干的是什么，该怎么干了，连看图纸的感觉都大不一样了。"

20世纪80年代，美、法、俄、日先后研制出4000米级至6500米级的深海载人潜水器。而我国海洋工程也在大力发展，徐芑南作为总设计师，带领中船重工七〇二所等5个单位的技术骨干，成功完成了我国第一艘单人常压潜水器和双功能常压潜水器的研制，达到当时国际同类产品的先进水平。

20世纪80年代末，徐芑南提出了赶超国际先进水平，攻克具有光纤通信的缆控水下机器人的技术方案。这就是以援救为主、兼顾海洋油气开发的大功率作业型缆控无人潜水器。1992年起，徐芑南受"863计划"自动化领域首席科学家蒋新松之邀，又担任了6000米水下机器人的总设计师，一举成功。

"无人、载人，有缆、无缆……几乎所有种类的潜水器，我都做过了。唯一想做而没机会做的，就是大深度的载人潜水器。"徐芑南不无遗憾地说。

20世纪后半叶，深海技术被认为是与航天技术、核能利用技术并列的高新领域，而载人深潜器则是海洋开发和海洋技术发展的制高点。1996年，花甲之年的徐芑南心有不甘地办完了退休手续，以为自己为之奋斗一生的梦想就此搁浅了。然而，希望往往就出现在拐角处。

退休六年后，徐芑南有机会重新披挂上阵，担当了7000米级载人潜水器的总设计师，带领一批中青年科研人员，在大时代中续写深潜传奇，成就了事业的深度和人生的高度……

小贴士

1. 蓝色圈地运动，是指各国争夺海洋资源的举动。因陆地资源稀缺，已经不足以支撑21世纪的经济发展速度时，为了生存，世界各国便把目光转到了海底世界，深海海域成为人类最后一片知之甚少的未开发区域。而公海，一块没有属地的资源地，像是散落在野地里的财宝，更成为强国必争之地，为此作出的所有行为便被称为"蓝色圈地运动"。

2. "863计划"，即"国家高技术研究发展计划"，是科学家的战略眼光与政治家的高瞻远瞩相结合的产物，凝练了中国发展高科技的战略需求。1986年3

月提出，由国务院组织了全国200多名科学家对计划建议进行论证。作为中国高技术研究发展的一项战略性计划，经过二十多年的实施，有力地促进了中国高技术及其产业的发展。它不仅是中国高技术发展的一面旗帜，而且也成为中国科学技术发展的一面旗帜。

第三章

「蛟龙」出水惊天下

1　向南海进发

岁月如梭，光阴似箭……

在古老而美丽的华夏大地上，千百年来流传着多少描绘时间迅疾而逝的词语啊！不过，似乎都不能完全形容当今深化改革开放、祖国日新月异的巨变。短短数年过去了，"神舟"遨游太空、"嫦娥一号"登月、"辽宁"号航母服役，当然还有我们的"7000米级载人潜水器"，已经从纸上谈兵、设想计划，陆续完成了国家立项、方案设计以及加工合成、总装联调和水池试验等程序步骤，完全达到了海试状态。

一个具有历史意义的日子终于降临了。

2009年8月6日上午，江苏省江阴市的苏南国际码头，彩旗招展、鼓乐喧天，一派隆重热闹的景象。人们怀着激动兴奋的心情，簇拥在那艘印着"向阳红

09"、挂满旗子的科学考察船前。

此时此刻,由国家海洋局和中国大洋矿产资源研究开发协会(以下简称"中国大洋协会")主办的7000米级载人潜水器第一次海试——1000米级海上试验的起航仪式,正在这里举行。高楼万丈平地起,万里长征第一步。我们有必要浓墨重彩地记录下这个平常而又不平凡的日子。

9时整,全体参试队员身着统一的海试服装,整齐地列队在试验母船的左舷甲板上,现场指挥部和临时党委成员、潜航员、科研人员代表等15人,则在码头主席台正面列队。

在一阵热烈的掌声中,主持人走到话筒前,庄严宣布:"下面请海试现场总指挥刘峰带领参试队员代表宣誓。"

刘峰、刘心成站在前边,参试队员代表昂首肃立。两名武警战士手托国旗,迈着正步走到队列前面,分立、展旗,一面鲜艳的五星红旗飘扬在人们面前。

刘峰一声口令,全体参试队员代表举起右手,按照他的领诵齐声跟读:"我们宣誓:一定服从命令,精心操作,同舟共济,不辱使命,战胜一切困难,确保海试成功!请祖国放心!请人民放心!……"声音铿锵有力,如同黄钟大吕、春雷激荡,传向会场四周,传向高天远洋。

其中,有一位满头白发、戴着一副茶色眼镜的老者,挺胸站在那里,与大家一起高声宣誓。他就是这艘国宝级的7000米级载人潜水器(第一次海试时还不叫"蛟龙"号,而是叫做"和谐"号)的总设计师——徐芑南。

宣誓完毕后,15名少先队员手捧鲜花,向15名参试队员代表行礼、献花。大家在总指挥刘峰和临时党委书记刘心成的带领下,依次登上试验母船,与早已做好准备的其他参试队员会合。紧接着,王飞副局长高声宣布:"'向阳红09'船执行7000米级载人潜水器1000米级海试任务,现在起航!"

广播喇叭里立刻响起雄壮的《歌唱祖国》乐曲,船上和岸上的人们纷纷招手告别,"向阳红09"船一声长鸣,缓缓离开苏南国际码头,驶出长江口,奔赴大海……

啊，南海！蓝水晶一样的南海啊！

她全名为中国南海，周边被中国大陆、中国台湾岛、菲律宾群岛及中南半岛所环绕，因位于中国大陆南边而得名，也称南中国海。这里是中国最深、最大、最纯净的海，面积约350万平方千米，是中国三大边缘海之一。

其中属于中国管辖范围——九段线之内的有210万平方千米左右，平均水深1212米，最深处达5559米。南海有4个群岛，分别是东沙群岛、西沙群岛、中沙群岛、南沙群岛，分布在一望无际的深蓝色海面上。如果从空中俯瞰，宛如一朵朵睡莲盛开怒放，又如一串串珍珠晶莹璀璨……

中国第一艘深海载人潜水器的海试场就选在这里。试验母船"向阳红09"船载着海试团队和精心打造的"和谐"号，出长江，入东海，一路乘风破浪，驶到了南海三亚以南某海域。

按照预先确定的试验原则：由浅入深，逐步推进。"和谐"号载人潜水器的海试划分为1000米级、3000米级、5000米级和7000米级4个阶段，其中第一阶段又包括50米级、300米级和1000米级3个小阶段。每一步都有详细的试验计划，阶段试验结束后会召开专家会议，对试验结果进行评估，海试领导小组再根据专家意见集体研究决定下一阶段的任务。

经过严密的分析研究，他们把南海试验海域分为A1、A2、B1、B2等几个海区。50米级海试主要在A1海区，这里也就作为中国载人潜水器的摇篮，走进了流芳百世的当代科技史。

2 科考船的夜晚不平静

夜深了，烟波浩渺的南海平静下来，在星光下随着微风缓缓波动着，一些海试队员们悄悄进入了梦乡……

正在A1海区连日海试的"和谐"号载人潜水器，终于走出了令人满意的第一步，回收到了母船的后甲板上，安详地俯卧在轨道架上。

然而，有一间舱室里却灯火通明，五六个脑袋凑在一起，时而在纸上默默地画着草图，时而你一言我一语地讨论着什么，谁都没有一丝睡意。这是担负水声通信系统重任的中科院声学研究所小组。中间那位个子不高、说话慢条斯理的，就是他们的负责人——中科院声学研究所研究员、"和谐"号载人潜水器水声通信系统副总设计师朱敏。

虽说水声通信系统经过不断排除故障，勉强可以使用，但没有从根本上解决问题，时好时坏。指挥部不得不精心测算：何时到达目标地，何时抛载上浮，将"和谐"号下潜后的每一个动作都精确到分钟。

第十次下潜时，"和谐"号比预定返回时间晚了10分钟，而联系又中断了，整个甲板上的人们都心急如焚，却束手无策，只能看着波浪翻涌的大海，一遍遍焦急地搜寻着"和谐"号的影子，直到发现它的红顶子冒出海面的那一刻，才长长地舒了一口气。

水面与水下的通信问题，成了制约海试的最大挑战。如果不彻底攻克这个难关，"和谐"号的试验将无法继续进行下去。每当指挥部召开各部门负责人例会时，水声通信系统的副总设计师朱敏就成了大家"围攻"的对象："这套系统到底行不行啊？给个准话！在家里试验不是好好的吗，怎么一到海上就不行了呢？"

"是啊，通信联不上，啥也试不成。"

"这套水声通信系统是可靠的，水池和湖泊试验都正常啊！我们分析可能是船舶噪声影响通信质量，目前正在积极想办法……"

生于1971年6月的朱敏，是浙江青田人，中等个头，一头短发，鼻梁上架着一副无框眼镜，温文尔雅，平常说话声音就不大，被问得急了，更是像被什么堵住嗓子眼，声音低低的听不清楚。他和他的声学团队肩负着巨大的压力。

水声通信系统就像是潜水器的嘴巴和耳朵。它是维系在黑暗海底摸索前行的孩子与母亲之间的纽带。如果不能建立好这条纽带，那么试验就很危险。50米还好说，万一到了300米、1000米出现问题，潜水器上浮困难又不知发生何事，甚至找不到其所在方位，三位潜航员的生命就危在旦夕了！

"这个问题要是解决不了，领导小组是不会同意海试继续下去的。只能打道回府，这等于宣布"和谐"号海试失败。今后能不能再重新启动，就很难说了……"

因此指挥部连夜开会，大家都忧心如焚。

"是啊！我们一定要在评审会前拿出个措施来。不然，后果不堪设想。"

这是整个海试阶段遭遇的一次重大危机！

半晌，在场的所有人都不说话了，集体陷入了沉思：倘若试验中止，50多个单位、众多科学家付出巨大心血为之奋斗了八年、国家投入巨资的7000米级载人潜水器项目就会付诸东流，更重要的是我国所有载人深潜项目若干年内难以再立项，正处在国家审批阶段的深潜基地项目也会夭折，中华民族"下五洋捉鳖"的梦想将还只能是梦想。

"绝对不能回去！"刘心成不愧是带过兵的司令员，又是临时党委书记，关键时刻意志十分坚定，"没有达到预期目的就撤退，那就是前功尽弃，半途而废，我们这些人就是历史的罪人。我看只要坚定信心，办法总是能找到的。"

"不管多么难，也要攻克它！我建议发动全体队员，各部门都为水声通信动脑筋。一定要拔掉这个拦路虎！"总指挥刘峰豪气倍增。

大家最后商定：由窦永林船长和朱敏研究员以降低母船噪声为主线，立即制订一个1000米水深海区的试验方案，进行船舶主机不同工作状态下的母船噪声和通信拉距试验。同时，要求中国船舶重工集团公司北京长城电子装备有限公司（国营第6971厂）尽快提供一部水声电话，在无法实现高速数字通信的情况下，先保证语音通信的畅通……

后来，船长窦永林心怀极大的责任感，别出心裁，创造了一种独特的试验母船操作法：前甲板左舷布放着水声电话吊阵，传感器布入水下30米左右；前甲板右舷布放着单波束测深仪吊阵，传感器布入水下2米左右；船尾拖曳着声学通信主缆，声学吊阵布入水下300米左右；关闭右主机，左主机单车微速航行，航速不超过2.5节。这是为了降低船舶的自噪声。

内行人清楚，这种做法是要冒风险的。"向阳红09"船是1978年建造的远洋科学考察船，那时没有控制船舶噪声的要求。2007年选择"和谐"号的母船时也没有采取降噪措施，现在只有通过采取特殊的船舶操纵措施来弥补噪声大的缺陷了。窦永林感觉自己就像一名赛跑运动员，先被捆住两只胳膊，再别住一条腿，然后叫他匀速跑直线，还要争取好成绩，真是太难了。

在6个多小时的试验中,这位爱写诗的窦船长一直站在驾驶台上,精心指挥船舶各种情况下的机动,积极配合声学部门获得大量测试数据。他深知自己责任重大,稍有闪失就会损害水下设备,甚至影响船舶航行安全,因此他特别小心谨慎。

终于,他以敢于担当的拼搏精神和无比精湛的航行技术,与声学工程师们精诚合作,准确地测量了"向阳红09"船各种情况下的噪声水平,为声学系统的后续改进指明了方向,并最终形成了基于"向阳红09"船模式的声学通信保障方案,为我国载人潜水器海试蹚出一条本来没有的路。

3　献给祖国母亲的礼物

　　2009年的10月1日，非比寻常，屈指一算：新中国已经成立60周年了。六十个甲子，山呼海啸；六十度春秋，沐雨栉风……

　　北京天安门广场，将举行盛大的庆祝仪式和阅兵式。而在辽阔南海那片蓝色的国土上，正在进行中国载人深潜试验的海试团队临时党委决定：举行一次特殊意义的升旗仪式，以庆祝我们伟大的祖国60华诞，并激励队员们再接再厉，不屈不挠，冲击1000米深度大关，用实际行动献给祖国母亲一份礼物！

　　7时30分，细雨霏霏，"向阳红09"船上挂满了彩旗，一派隆重热烈的节日气氛。全体人员集结在前甲板上，试验母船的船员们穿上了海员服装，头戴威严的大盖帽，海试队员们穿上了统一的缀有深潜标志

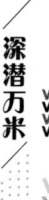

的蓝色半袖衫，喜悦和激动洋溢在每个人的脸上。

8时整，刘心成书记庄严宣布:"升旗仪式开始!"在雄壮嘹亮的国歌声中，窦永林船长亲自将一面崭新的五星红旗，徐徐升至主桅顶。

此时，风雨交加，队员们身上的衣服全都湿透了，可是没有一个人乱动。如此满怀豪情的海试团队，怎能不一往无前呢？

在精心准备之后，2009年10月3日，恰巧是中华民族的传统节日——八月十五中秋节。"人逢喜事精神爽，月到中秋分外明。"参加海试的队员们，怀着对祖国母亲的热爱，带着国庆、中秋双节的喜悦，一大早就迎着朝霞，披着晨露，奋战在南海1000米等深线附近的C2海区里，进行1000米水深第一次下潜试验。

根据国际惯例，1000米海水以下叫深海，下潜超过1000米才是真正意义上的深潜，目前世界上只有美、法、俄、日4个国家有此能力。我们如果能够成功，就创造了一项共和国的新纪录，也一跃成为国际深海俱乐部的一员了。

浩瀚的南海，没有了昔日台风带来的狰狞，蔚蓝的海面微波荡漾，温柔得似一只小绵羊，热情地迎接这些耕涛牧海的人们。当天计划进行8项试验：无动力下潜上浮、1000米深度潜水器姿态调整、航行功能验证、测深测扫声呐等。执行下潜任务的是突破300米深度的原班人马——于杭、叶聪和杨波。

7时整，现场指挥部发布"各就各位"指令，在后甲板上举行了简短的出征仪式。三位潜航员穿着蓝色的潜航服，胸前印有鲜艳的五星红旗标志，英姿飒爽地站成一排。

现场总指挥刘峰有力地一挥手，发出命令："'和谐'号1000米级海试现在开始，潜航员进舱！"

"是！"潜航员们健步登上潜水器平台，依次入舱，在进舱的瞬间，每个人都回首向欢送的人们招手，那是表达对完成任务的坚定决心和必胜信念。

很快，一连串的喜讯通过水声通信系统不断传来："向九、向九（'向阳红09'船的简称），我们潜深200米、500米、600米、800米、900米……"每次报告都会引起母船上的阵阵掌声。

9时17分,主驾驶叶聪响亮的声音再次传来:"我们到达1109米的深度,身体状态良好,潜水器一切正常!"

"好啊!我们成功了!"母船上现场指挥部、潜水器控制室、准备室,甚至包括驾驶台、实验室、厨房等各个部门都一片沸腾。欢呼声、掌声,冲天而起,久久不息。

临时党委书记刘心成、海试现场总指挥刘峰等人情不自禁地站起来,与总设计师徐芑南紧紧拥抱在一起……

"成功了,成功了,我们成功突破载人深潜1000米了!"

"是啊!我们成功了!这是历史性的一天……"

这位年纪最大的海试队员、"和谐"号的总设计师颤抖着双手,抖动着嘴唇,说不出更多的话来。是啊,虽说只是深入海底1000米,距离7000米的设计深度还有很长的路要走,但毕竟是进入深海了,而且顺利地进行了海底巡航等试验。

这是神州儿女向新中国成立60周年献上的一份

厚礼！也预示着我国从此打开了进军深海的大门，使我国成为继美国、俄罗斯、日本和法国之后，世界上第五个拥有载人深潜能力的国家。我们可以骄傲地宣告：深海领域，中国人来了！

小贴士

1."向阳红09"船，是我国自行设计、自行建造的第一艘4500吨级远洋科学考察船。2007年11月28日，经过中海工业有限公司增改装的"向阳红09"船成为国内第一艘深潜试验母船。2012年6月3日上午，搭载着我国"蛟龙"号载人潜水器的"向阳红09"试验母船从江苏江阴苏南国际码头起航，奔赴马里亚纳海沟区域执行"蛟龙"号7000米级海试任务。

2."蛟龙"号载人潜水器，是一艘由中国自行设计、自主集成研制的载人潜水器。2002年至2012年，中国科技部、中国大洋协会联合数百家科研院所研发海试，接连取得1000米级、3000米级、5000米级和

7000米级海试成功。这标志着我国深海潜水器成为海洋科学考察的前沿与制高点之一,对于我国开发利用深海资源有着重要的意义。

第四章

新征程 新深度

1 承上启下的"深海勇士"号

2013年5月17日,北京人民大会堂,高大宽敞的西大厅里灯火通明、金碧辉煌,洋溢着一片喜悦的气氛。一支身穿海蓝色服装、胸前印着五星红旗标志的团队,怀着激动的心情来到这里,排成整齐的队列等候着。他们就是胜利完成中国7000米级载人潜水器"蛟龙"号研发、海试任务的科学家、工程师、潜航员和技术保障人员……

伴随着一阵阵热烈的掌声,党和国家领导人走进大厅,微笑着与站在第一排的代表们一一握手、交谈。这是全国海洋工作者倍感振奋、深受鼓舞的一天。

中共中央、国务院决定授予"蛟龙"号载人潜水器7000米级海试团队"载人深潜英雄集体"荣誉称号,授予叶聪、傅文韬、唐嘉陵、崔维成、杨波、刘开周、张东升等同志"载人深潜英雄"荣誉称号。

与此同时，人力资源和社会保障部、国家海洋局还作出了表彰"蛟龙"号载人潜水器7000米级海试先进集体和先进个人的决定：授予中国船舶重工集团公司第七〇二研究所水下工程研究开发部、七〇一研究所潜艇研究部等22个集体"'蛟龙'号载人潜水器7000米级海试先进集体"荣誉称号，授予徐芑南、刘峰、刘心成等19名同志"'蛟龙'号载人潜水器7000米级海试先进个人"荣誉称号。

如此看来，中国研发成功深海载人潜水器，具有无比深远的历史和现实意义。我们的党和政府，以及人民群众像对待航天登月工程一样高度重视，"蛟龙"号的研制成功也就顺理成章了。从各项技术指标和功能上看，"蛟龙"号载人潜水器超越了目前世界上同类型的潜水器。

它长8.2米、宽3.0米、高3.4米，空重不超过22吨，最大荷载是240千克，最大速度为每小时25海里，巡航每小时1海里，当前最大下潜深度7062米，最大工作设计深度为7000米，可在占世界海洋面积

99.8% 的广阔海域使用，具有五大功能和三大技术优势。然而，"蛟龙"号虽好，但仍然存在着两大遗憾：

一是最关键的零部件不是国产的。比如载人球舱的耐压壳体、机械臂和控制系统、超高压海水泵、浮力材料等，虽说是由中国科学家和工程师自主设计，但因为缺乏符合要求的抗压材料和工艺技术，不得不从国外进口或者联系国外加工制造。这在和平时期，可以通过国际市场购买或招标来办，一旦发生矛盾抑或处于战争状态，就会让别人"卡脖子"了。

二是在全球仍有 0.2% 的海底"蛟龙"号到达不了。这既有可能错过某些资源的勘探，也会让人感觉到我国的高科技还没有达到百分之百全覆盖。这个空白，需要研制更大深度的潜水器——万米级的载人潜水器才能填补。

科技部及其社会发展司、中国 21 世纪议程管理中心、中国科学院（以下简称"中科院"）、中国船舶集团等部门早就意识到上述问题，在"蛟龙"号刚刚进行海试的 2009 年，便开始部署新的研制任务，并列入"十二五"的重大专项，项目名称为：4500 米级载人潜水器。具体工作仍由中船重工七〇二所牵头、联合中科院、有关企业等国内94家单位共同参与。

曾是"蛟龙"研发团队的功臣之一——七〇二所水下工程研究开发部主任的胡震,受命接任总设计师,而分系统主任设计师、首席潜航员叶聪担任了副总设计师和总质量师。他们的老师、德高望重的"蛟龙"号总设计师徐芑南已年逾七旬,不能再上一线拼搏,出任了技术顾问。

这是我国第二艘深海载人潜水器,意义深远而重大,目的是为将来研发万米级的载人潜水器奠定基础,创造条件。它的作业能力要达到水下4500米,零部件尽量实现国产化。

为什么有了7000米级的载人潜水器,还要去研究4500米级的载人潜水器呢?

其实是这样,"蛟龙"号载人潜水器是我国载人深潜的一个里程碑,尽管取得了很多的突破和辉煌的成就,但是许多技术基础并不扎实,也有一些工艺和配件来自国外,要想在深海技术领域获得全面突破和自我超越,就需要沉下心来踏踏实实地再进行深入研究。研究4500米级的载人潜水器就好比蹲下来攒攒劲头,会跳得更高,也为研究更大深度的载人潜水器做个准备。因此"深海勇士号"起到了承上启下的作用。

正像博弈高手,下棋看五步,步步有备招,"蛟龙"团队在还没有完成全部海试的时候,就开始筹划学习、借鉴、消化国外先进技术了。

终于,"蛟龙"号突破7000米大关,下潜深度达到了创纪录的7062米,并且经过严格考核,完全符合设计要求,可以交付使用了。国家和人民给予了崇高的荣誉,鲜花和掌声铺天盖地地涌来。不过,整个团队并没有醉卧在花丛里,而是立即从成功的光环中走出来,马不停蹄地转移到新战场,投入新征程……

同样是在三亚南山港,同样是彩旗招展、人们欢呼雀跃……

然而,这次不是送别科考作业母船缓缓离开码头,而是迎接它从远方海面上徐徐驶来。2017年10月3日,"探索一号"科考船搭载着我国4500米级载人潜水器"深海勇士"号,在南海完成了全部海上试验任务，胜利返航了。它在"蛟龙"号研制与应用的基础上，进一步提升我国载人深潜核心技术及关键部件自主创新能力，降低运维成本，有力推动了深海装备功能化、谱系化建设。

这艘载人潜水器意义深远而重大，是希望凭借其出色发挥，像勇士一样探索深海的奥秘。毫无疑问，它的总设计师，曾为"蛟龙"号立下汗马功劳的胡震，是这出研制大戏的主角。

在中船重工七〇二所载人潜水器项目里，胡震名不虚传，功不可没。他是7000米级载人潜水器本体的副总设计师，总装联调负责人，海试潜水器部门的部长。可以说，是潜水器准备与维护的大总管，人称"后甲板司令"。他知识全面，责任心强，将有关潜水器的大事小情都装在心上，说出话来让人心服口服。他有空就围着潜水器转，上上下下，里里外外。不管是哪个部门的工作，他都认真地关注着、参与着。

胡震是无锡江阴人，生于1967年10月，1985年考入中南工学院，后又考上中科院沈阳自动化研究所的研究生，学了三年的自动化控制。1991年硕士毕业后分配到中船重工七〇二所工作。一来就在技术开发部,跟着徐芑南等人搞无人潜水器。

20 世纪 90 年代末期,七〇二所由于任务不足,经济紧张,发放工资都成了问题。胡震的一个亲戚是无锡大企业的总经理,看中了他的人品和技术,高薪聘请他去当部门经理,承诺五年后送他一个公司。刚过而立之年的胡震动心了,就想去试一试。他请假后去上了一个星期的班,坐在公司高档的老板椅上,却总感到不舒服。他的志向是科研报国,难道遇到困难就放弃了?

后来,发生了我国驻南联盟大使馆被炸事件,举国群情激愤,胡震再也坐不住了。他毅然谢绝了亲戚的好意,也谢绝了年薪百万的职位,又回到七〇二所继续从事国家的科研事业。当 7000 米级载人潜水器项目启动时,他理所当然地全身心投入进去,贡献出自己所有的聪明才智和热血激情……

他在自己的海试日记中写道:清晨,海风微拂,我又一次爬上脚手架,细细检查每一个设备。每一次触摸潜水器,我都像抚摸自己的孩子。我深深了解潜水器上的每一条脉络，每一条脉络上流动着的激情，我知道它不会让我失望。海上的生活很艰辛，但再苦再累也很高兴，不管晚上加班到半夜还是早上五点起床保养潜水器，不管日晒还是雨淋，我都感到很光荣、很骄傲。

作为"深海勇士"号载人潜水器的总设计师，胡震紧密围绕国家开发利用海洋的需求，以实现国产化、降低运行成本、提高可靠性和可维性为目标，率领团队与兄弟部门通力合作，陆续突破了潜水器优化设计、舱内布局优化设计、钛合金载人舱材料和制造工艺研究、超高压海水泵、充油锂电池组、推进器研制等十余项关键技术，并且严把质量与进度，通过潜水器陆上联调与水池试验反复测试，确保了海试任务顺利实施。

从 2017 年 8 月开始，中国科学院深海科学与工程研究所（以下简称"中科院深海科学与工程研究所"）牵头组成海试团队，由首席顾问刘心成任领队兼临时党委书记，总设计师胡震任技术总负责人。到 2017 年 10 月，"深海勇士"号共下潜 28 次，最大深度达到4534米,圆满完成了全部海试任务。

返航后,面对记者的采访,胡震欣慰地说:"海上试验完成以后检测表明,我们的'深海勇士'号载人潜水器总体性能是非常优秀的,同时它的作业能力也是非常棒的,主要体现在几个方面,一个就是我们在海试阶段,其实在大深度下,特别在4500米都能实现连续下潜。而且在水下的时间,也可以超过10个小时,这也体现了它的总体性能是非常稳定可靠的。"

2017年12月1日,"深海勇士"号载人潜水器项目顺利通过专家组的逐项验收,总体性能优异、国产化装备稳定可靠,实现了潜水器核心技术自主化、关键设备国产化,潜水器零部件国产化率达95%以上,有力推动了深海装备技术从集成创新向自主创新的历史性跨越。

在一阵热烈的掌声中,"深海勇士"号圆满交付中科院深海科学与工程研究所。

2　海底一万米

2016年9月的一天晚上，位于江苏省无锡市的中国船舶重工集团有限公司第七〇二研究所依然灯火通明，许多科研人员还在加班加点地忙碌着。对于这个以"建设国际一流海洋装备研究中心、深海技术科学国家实验室、中国最美研究所"为己任的科研院所来说，夜以继日甚至是通宵达旦地工作，已经是常态了。

突然，正与同伴们讨论问题的水下工程研究开发部研究员叶聪，接到了所长何春荣的电话："小叶你在哪儿？赶快来一趟，有事谈。"

"是何所长啊，有什么事？"

"好事，大事。来了你就知道了！"

听得出来，何所长声音里有一种按捺不住的欣喜。

难道是那个重大专项有进展了？叶聪一边猜测着，一边三步并作两步赶了过去。

果然，在所长办公室里，沉稳而干练的何春荣转达了北京有关方面的正式立项通知：全海深载人潜水器由七〇二所为主研制，叶聪为总设计师。虽说早在年初申报投标时，所里就组成了以他为主的项目组，可一旦真正成为现实了，叶聪还是感受到了肩上的压力。这毕竟是一项世界顶级的深海工程装备啊！他没有马上作答，而是坐在那儿沉思了片刻，深深地吸了一口气，然后站起来坚定而自信地说："放心吧，所长，我们不会让大家失望的！"

这一年，叶聪37岁，还是一名年轻的少帅，担负起研制目前欧美科技强国还没有的全海深载人潜水器总设计师的重任，不少人为他捏了一把冷汗。不过，叶聪心中有数。他那壮硕的身躯、宽阔的额头里潜藏着丰富的能量。

叶聪是湖北黄陂人，出生于1979年，自幼像所有聪明的男孩子一样精力过剩，上学之余总有些"调皮"。他家住得离黄陂河不远，他经常与小伙伴们跑去玩水，尤其喜欢摆弄舰船模型，《舰船知识》是他最爱的杂志之一。

1991年夏天，连续的暴雨使黄陂城内严重积水，妨碍了人们的正常出行。正在大家着急的时候，少年叶聪从附近的工地找来搭建脚手架的竹篙，用绳子编成了一个竹排，在积水中撑行接送被困住的人们："上来啊，叔叔阿姨，别看这'船'小，可不会湿了鞋。"

这一举动赢得了大家的一致好评："好小子，将来能当个造船工程师。"

这大概是后来的潜水器设计师兼首席潜航员叶聪的第一个设计成果了！1997年，他参加了高考，取得了高出重点线10多分的好成绩，填报第一志愿时，他毫不犹豫地写上：哈尔滨工程大学船舶工程专业。

就是这样一个喜欢动手的学生，在2001年毕业进行双向选择时，谢绝了某些大单位的聘任，来到了位于无锡的中船重工七〇二所。一是这里离湖北老家近一点，孝顺的他能常回家看看；二是专业对口，特别是他可以从事自己喜欢的船舶设计。生逢其时，叶聪参加工作的第二年,就有幸参加了7000米级载人潜水器的研发项目。

年纪轻轻被赋予重任,对这一代大学生来说既是机遇,又是挑战。叶聪担任了7000米级载人潜水器的主任设计师之一,负责编写、绘制设计报告、计算书、说明书和设计图纸,并参与总布置以外的潜水器结构、推进、观通导航和控制、水声、水面支持等分系统的设计工作。在老专家们的教导指挥下,他干得井井有条。

2012年7月,"蛟龙"号从太平洋马里亚纳海沟胜利归来,举世轰动,国家在青岛举行了盛大的欢迎庆典。不久,叶聪被中共中央、国务院授予"载人深潜英雄"之一。接下来,"蛟龙"研制团队并没有停住脚步,而是在科技部及中国21世纪议程管理中心等部门的指导协调下,又开始了"深海勇士"号的设计制造,叶聪担任了副总设计师和总质量师。

2016年春天,科技部发出了《关于发布国家重点研发计划深海关键技术与装备等重点专项2016年度项目申报指南的通知》,其中重点启动了全海深载人潜水器总体设计、集成与海试项目。

这犹如发出了一声进军号令，国内涉及海洋装备的科研院所，包括民营科研公司，纷纷行动起来，公开公平地投入招投标程序。不用说，曾经团结全国100多家单位，联合建成"蛟龙"号和"深海勇士"号的七〇二所积极请战。因时任"深海勇士"号总设计师的胡震，还在进行总装建造工作。七〇二所所长何春荣在论证会上，力主由叶聪出任全海深项目的总设计师。

"叶工虽熟悉情况，有能力，可太年轻了吧，能压住阵吗？还是等'深海勇士'号交付后，再来讨论吧！"有人表示了担心。

按说作为重大项目的总设计师，一方面要有高超的科研水平，把握总体研发路径；另一方面还要有杰出的组织协调能力，能够将各路大军统领起来共同攻关。所以，大都是经验丰富、德高望重的科研老将来担任这一职务。比如第一代载人潜水器"蛟龙"号立项时，就是专门邀请已退休六年的徐芑南先生出山，担任总设计师，从而奠定了成功的基础。

此时的何春荣所长坚定不移地表态道:"不能等!叶聪毕业就到咱们所做潜水器,有理论有实践,再说还有老院士和全所人给他做后盾,应该没问题。"

一番话说动了大家,就在"深海勇士"号还在投入海试时,叶聪即开始转移战场,带领项目组进入投标的准备工作。经过一番"过五关斩六将"的评审,有关部门确认了中船重工七〇二所,为国家重点研发计划"深海关键技术与装备"重点专项"全海深载人潜水器总体设计、集成与海试"项目研制总牵头单位。这是"国家队"啊,显示了我们制度的优越性,团结一致,分工合作,齐心协力办大事。

2016年11月24日,"十三五"国家重点研发计划"深海关键技术与装备"重点专项"全海深载人潜水器总体设计、集成与海试"项目启动会,在中船重工七〇二所的驻地无锡召开。参加会议的有:七〇二所所属6个课题、14个子课题,以及专项内11个全海深载人潜水器关键技术研发项目的负责人和单位领导,中国21世纪议程管理中心副主任柯兵、项目主管揭晓蒙,以及第三方检验、见证单位代表等近

100人。

会议正式组建以七〇二所为总体集成单位的"全海深载人潜水器项目群",成立项目群协调管理组和总师组,宣布叶聪为总设计师,胡震、李艳青等人为副总设计师,讨论通过了"全海深载人潜水器关键技术与装备研制项目群工作机制"。时任七〇二所水下工程研究开发部党支部书记的侯德永为项目办公室主任,负责行政后勤——他也是"蛟龙"号和"深海勇士"号研发的功臣之一,办事干练,待人热情。与会专家听取了课题实施进展情况介绍,建议进一步明确考核指标和方式,细化实施方案,为项目成果产出和项目群统筹协调提供切实保障。

中国21世纪议程管理中心副主任柯兵指出:"有了'蛟龙'号和'深海勇士'号载人潜水器研制的经验和基础,大家要有信心去面对挑战。希望在项目实施中,各单位理清上下游关系,做到分工明确、定位清晰,紧密围绕国家战略目标和项目目标,破除利益壁垒,按照相关要求做好质量、安全、宣传和保密等各项工作。"

"东道主"七〇二所所长何春荣表示:"参研单位和科研人员应当胸怀崇高的使命感、责任感投入项目研究工作中,也要正视所面临的技术和进度等实际困难,继续发扬'中国载人深潜精神',全身心投入研制工作中去。我们作为总体技术责任单位必当履行职责,在上级机关的领导下做好组织协调工作,起到领头羊作用,确保项目保质保量按期完成。"

实际上,这是一次具有"誓师"意义的项目启动会。没有豪言壮语,却同样慷慨激昂;没有战鼓军旗,却令人热血沸腾……

3　全海深的奥秘

什么是全海深？研制全海深载人潜水器有什么作用呢？

根据国际惯例，海洋1000米深度以下叫深海，6000米深度以下叫深渊。地球上约84%的海洋深度超过1000米，但深渊只有1.2%左右，能够到达这个深度的载人潜水器少之又少，那里面藏着许多人类从不知道的奥秘。

目前，人类在海洋中的活动主要集中在沿海和浅海区域，由于缺乏必要的下潜和探测设备，我们难以到达深海乃至深渊地带，对深海的研究和认知，比对珠穆朗玛峰和外太空甚而火星、月球要少得多。

据统计：从20世纪50年代开始，截止到2020年，全世界共有4469人成功登上珠穆朗玛峰7646次。

而遨游太空的宇航员也不在少数,从1961年苏联宇航员尤里·加加林乘坐"东方1号"宇宙飞船成为进入太空的第一人算起,人类就在探索太空的征途上不断创造新的纪录。

那么,具有地球"第四极"之称的深海呢?在20世纪中末叶,全世界只有美国、法国、俄罗斯和日本研制出能够下潜到深海的载人潜水器,最深也只达到6500米。21世纪初,我国的"蛟龙"号横空出世,创造了搭载3人到达7062米深度的世界纪录,从而具有了在98%的海底进行科学考察的能力。可是,对于深达11034米的马里亚纳海沟,到访的人则屈指可数。

1960年1月23日,最初由瑞典支持设计,美国海军支持建造的"的里雅斯特"号载人潜水器,搭载着雅克·皮卡德和美国海军中尉唐纳德·沃尔什下潜到马里亚纳海沟海底,由机载压力计测量底部深度为10916米。这是人类的足迹首次到达地球最深处。两人下降用时近5个小时,而在海底只待了20分钟就抓紧返回。

2012年3月26日，美国好莱坞著名导演詹姆斯·卡梅隆驾驶"深海挑战者"号独自下潜到马里亚纳海沟底部，着陆时的深度为10908米。詹姆斯·卡梅隆说："我降落在一块非常柔软，几乎像胶状的平地上。一旦我确定了方向，我就开了很长一段距离。最后终于爬上了斜坡。我看到的唯一自由游泳的是小型钩虾——像虾一样的在海底觅食的动物。"

时间来到2019年5月，美国探险家维克多·维斯科沃等两人搭乘"深潜限制因子"号，也到达了马里亚纳海沟。但只有几个潜次，探险多于科学考察……

由此可见，人类探索地球最深处，比登珠峰、飞太空更为艰难。何况，这里所说的几名"深潜人"，还大都是探险型的——乘坐单人抑或两人的小型潜水器，到达最深点只是拍拍照片、录录视频就匆匆返回了，很少在海底巡航探测，难以实施精准而细致地科考作业。

深入全球四大洋探测和开发，是中国深海战略的目标指向，业内人士称之为全海深科考。此次我们研制的全海深载人潜水器,就是一种能够在深海坐底且自主巡航,进行全海深探测的装备。全海深,顾名思义:如果它抵达了世界最深点——马里亚纳海沟的"挑战者深渊",那么任何海域都可以畅通无阻了。

深海中有大量的油气、矿产和生物资源,等待人类去探测、开发和利用。有关人类起源、生物进化、地球地质演变等谜团,也都有可能在这片"净土"中找到答案。全海深载人潜水器就像神舟飞船那样,运载科技人员去深海大洋进行科学探测和科学实验,直接观察未知领域和获取各类样本,为人类认识深海、开发深海,贡献中国力量。

研制全海深载人潜水器,深入全球海底进行科学考察,是我国"深潜人"的终极梦想,早已列入科研攻关计划。为此,中科院专门成立了"深海科学与工程研究所",在美丽的海南省三亚市竖起了大旗,陆续承担了"深海勇士"号、"海斗"号等载人和无人潜水器的海试及应用任务。

如今,他们更是责无旁贷地成为全海深载人潜水器的用户单位。

特别是2016年8月和2017年1月，他们组成中国深渊科考队，两次驾驶"探索一号"科考船，携带无人潜水器成功探秘马里亚纳海沟，预示着万米深海已不再是我国海洋科技界的禁区，为全海深关键技术的研发和深渊研究，打下了坚实的基础。

作为我国7000米级载人潜水器"蛟龙"号的主驾驶，叶聪承载着国人"下五洋捉鳖"的梦想。从2009年至2012年的四年海试期间，"蛟龙"号共下潜51次，他承担了其中38次下潜试验主驾驶的任务。这不仅仅是挑战中国载人深潜的纪录，更是他对于自我的超越。对于潜航员而言，长时间的深潜并不是件舒服的事，但他从不叫苦抱怨，圆满完成了一次又一次的下潜任务。海试期间，他凭借个人的沉着冷静，多次有效处理了潜水器水下故障，保证了潜水器和人员的安全。

一路伴随着"蛟龙"号成长，叶聪也从当初初出茅庐的毛头小伙逐渐成长为项目副总设计师、总设计师。角色不断跨越，担子越来越重，面对新的挑战，他将所有的压力化作前行的动力。在开展"蛟龙"号研制的同时，从2009年到2017年，历经八年持续艰苦攻关，他所在的载人深潜团队又完成了"深海勇士"号的研制。身为副总设计师和总质量师，叶聪全面负责总体方面的设计工作，同时严格肩负起总质量师的职责，精益求精地把关好研制过程中的每个环节。而今，他已经成长为全海深载人潜水器的总设计师、海试总指挥了，为祖国的深潜事业付出了自己的心血和汗水……

当全海深载人潜水器的设计方案初步完成后，2017年12月20日，中船重工七〇二所在无锡组织召开了全海深载人潜水器初步设计评审会议。中国船舶重工集团有限公司科技与信息化部（以下简称"中船重工科技与信息化部"）高级专务王俊利出席会议，此项目的各参研单位代表以及七〇二所的所长何春荣、院士徐芑南等参加会议。

作为总设计师的叶聪迎来了一次大考。由中国21世纪议程管理中心海洋处及"深海关键技术与装备"重点专项总体专家组成员和同行专家共同组成的评审组，认真审查了有关技术资料，进行了严苛的质疑与讨论。最后，评审组认为项目组在前期各系统技术攻关取得进展的基础上，依据总体方案设计审查意见，完成了初步设计各项内容，技术路线清晰，设计内容全面，初步设计程度满足要求，同时也提出了优化改进的建议。

此次会议之前，"深海关键技术与装备"重点专项总体专家组成员还参加了各系统的初步设计评审会。其间，项目组内的顾问专家组对初步设计报告、图纸及相应支撑文件进行审查咨询，在总体和各分系统初步设计评审意见的基础上，补充提出了相关意见。如今，更加全面和具体。叶聪坚定而又欣慰地表示："我代表项目组真诚地感谢各位专家！我们将根据会上提出的意见与建议，对设计方案进行优化与完善，一定要尽善尽美做好这个项目。"

果不其然，在整个"奋斗者"号设计建造、总装联调和水池试验阶段，为了确保潜水器的研制进度和质量要求，叶聪就像战场上的指挥员一样始终奋战在第一线，指导制订了合理的质量计划书和故障排查措施及检验方法，实行每周周报制度。对试验过程中遇到的每个问题,他都会与大家一道仔细分析,提出建设性意见,身边的同事常常被他广而精的专业知识储备和卓越的工作能力所折服。

由于在深海领域的突出贡献,继2013年以来,叶聪相继获得"载人深潜英雄""全国职工职业道德建设先进个人""全国五一劳动奖章""中国青年五四奖章"等荣誉之后,又在2018年纪念我国改革开放40周年之时,荣膺"改革先锋"称号与奖章。在2019年中华人民共和国成立70周年之际,荣获第七届全国道德模范提名奖。同时,当选为第十三届全国青联副主席。在他那依然年轻明朗的面庞上,更多了几分成熟和谦和。

小贴士

1. 所谓全海深,是指地球上所有海洋的深度。据统计,全球共有37个深度超过6000米的海沟,这些海沟所在的区域被称作海斗深渊,最深处达万米之多。这些海斗深渊5个分布在大西洋,4个分布在印度洋,28个分布在太平洋。它们极为独特的生命、环境和地质现象，聚焦了各国生物学家、环境学家、化学家、物理学家、气候学家的目光。

2."深海勇士"号是我国第二艘深海载人潜水器，它的作业能力达到水下4500米。研发团队历经八年持续艰苦攻关，在"蛟龙"号研制与应用的基础上，进一步提升中国载人深潜核心技术及关键部件自主创新能力，国产化达到95%以上，降低运维成本，有力推动深海装备功能化、谱系化建设。

第五章

深海重器『国产化』

1　全海深载人舱

全海深载人潜水器是一项难度极高的工程装备，涉及设计技术、材料技术、密封技术、工艺技术、通信技术、安全技术、集成技术、试验技术等，每一项都是极限技术，并且必须高度安全可靠。历数一下，大概需要有十几项国际顶尖高新科技成果。

作为总设计师的叶聪，就像一位连台大戏的总导演似的，从上到下、由左至右，方方面面都要考虑周全：做好顶层策划，把握技术方向，多方协调参研单位，组织研究解决各种难题，严格掌控项目进展。同时，他也像当年老师们培养自己一样，积极推进我国载人深潜研制梯队的建设，给年轻的各分系统设计师们压担子，并且以身作则全身心投入技术攻关中。

其中，最核心的攻关部件便是载人舱。

人类想要进入深海，水的压力是永远相伴的敌人。据科学家计算：在海洋里每下潜10米，便增加1个大气压，依此类推，下潜1000米则增加100个大气压，如果深入海底10000米，那就是增加1000个大气压。这是什么概念？相当于将一辆轿车的重量，压在小拇指的指甲盖上。如果没有防护措施，人到了这样的地方，瞬间就会被压成纸片。所以，载人潜水器必须首要考虑载人舱的安全。

当初我国研制"蛟龙"号时，学习借鉴了国际上的成功先例：将舱室设计成球形壳体。这种形状可以使载人舱受力均匀，承重倍增，再用抗压能力强的Ti64合金（Ti是钛的元素符号）做外壳。相比于钢铁材料，钛合金具有优异的抗海水腐蚀性能，包括抗静态腐蚀及抗循环加载条件下的动态腐蚀，更加适合于海洋应用环境。但因国内缺乏相关材料和工艺技术，只能委托俄罗斯方面生产制造，像缝制篮球似的将钛合金板材锻造加工成一条一条"瓜瓣"，再焊接拼成一个半球，然后将两个半球合成一个整球。

后来，在对4500米级的"深海勇士"号国产化时，设计人员感觉到这种工艺落后了，尤其是增加了多条焊缝，存在着一定的风险。在科技部"863计划"海洋专项支持下，承研单位宝鸡钛业股份有限公司，作为我国钛及钛合金的科研和生产基地，首次提出并启动了大尺寸钛合金宽幅厚板研制，并将板材直接整体冲压成型为两个半球，而后焊接为一体的工艺路线。

宝鸡钛业股份有限公司，是宝鸡有色金属加工厂为建立现代企业制度、理顺国有资产管理关系而整体改制成立，是中国最大的以钛及钛合金为主的专业化稀有金属生产、科研基地，所在地宝鸡被誉为"中国钛城"。

这次研制"深海勇士"号的载人舱，宝鸡钛业股份有限公司可以大显身手了。他们在保证日常任务的前提下，专门成立了以总经理贾栓孝为组长，教授级高工王永梅等人参与的项目攻关组。载人舱球壳总重达3吨，是个全钛的器形，过去如此大型的钛铸锭、板材和球形构件只能依赖进口，国内根本做不了……

"明知山有虎，偏向虎山行。"宝钛人卧薪尝胆，迎难而上。一个个方案形成又推翻，一次次试验失败再重来。贾栓孝和项目组成员们眼熬红了，人累瘦了，为进一步提高载人舱的安全可靠性，他们大胆提出了半球整体冲压成型的方案，除孔座外，整个球壳只有一条焊缝。

方案制订了，摆在项目组面前的是一个个技术难关，每一项都需要科技创新。瞄准关键技术的突破，项目组集结了宝钛的科研和工程技术骨干，包括熔铸厂、锻造厂、板带厂、宽厚板公司、线材厂、宝色特种设备等单位的一线骨干严把各个关口，先后攻克了钛合金选型、中强钛合金宽幅超厚板材制备技术、钛合金半球整体冲压成型、大厚度长尺寸环向焊缝电子束连续焊接技术、一种新型钛合金焊丝研制、整球热处理和变形控制等多项关键技术，填补了国内钛合金研究的多项空白，并在成型、加工制造、焊接技术等多方面超越"蛟龙"号载人潜水器载人舱球壳，达到国际先进水平。

成功了！大家欣喜非常。

然而，那只是下潜4500米的深度啊！而今到了全海深载人潜水器的载人舱了，压强超过它整整一倍还多，一方面要承受万米海底的极端压力，另一方面要满足搭载3人的更大尺寸设计。要求更高，制造更难，Ti64合金无法达标。如果有任何闪失，哪怕是在海底裂开一丝缝隙、一个针尖大的小眼，瞬间就会带来天大的灾难，水珠会如同子弹一样穿透潜航员的身体，艇毁人亡！

要想解决载人舱的材料难题，研制一种更高强度的新型钛合金成了唯一出路。

2014年，也就是"奋斗者"号立项的前两年，中科院实施了战略先导科技专项，位于沈阳的金属研究所对深潜材料与制造展开调研论证。其间有三个"拦路虎"横在面前：一是耐压材料、二是压制成型、三是无缝焊接。这就需要全国一盘棋，联合其他院所和有关企业通力协作，共同完成。

如前所述，虽然"蛟龙"号保持着国际上同类作业型载人潜水器下潜深度最大的纪录，但是我国载人舱的制造技术还很薄弱。经过我国科学家的不断努力和政府的大力支持，4500米级的载人潜水器"深海勇士"号在载人舱球壳加工与焊接技术等方面，获得重大突破,基本实现了国产化,为接下来的全海深载人舱研制打通了工艺路线。

众所周知,金属的强度与韧性通常是一对矛盾因素。强度的提升通常伴随着韧性降低,甚至成型性能和焊接性能也相应降低。这对全海深载人舱用钛合金材料研究提出了严苛的挑战。时任中国科学院金属研究所(以下简称"中科院金属研究所")所长兼钛合金研究部主任的杨锐,带领雷家峰研究员、马英杰博士等人接受了这项重任。

"在万米海深的极端压力条件下,如果要搭载3人,载人舱钛合金的厚度将有很大变化,材料强度也要大幅度提高,但强度和韧性往往是互相矛盾的。"后来,杨锐在接受采访时说,"比如,陶瓷的强度非常高,但韧性差;塑料的韧性高,但强度又太低。比Ti64合金强度高的材料有很多,但无法进行焊接。这个材料难题,成为一系列关键技术的瓶颈。"

生于19世纪60年代中期的杨锐,是湖北省南漳县人。南漳地处湖北省西北部,东与襄阳古隆中相接,南与大三峡贯通,西与神农架毗邻,北与武当山相望。它是荆楚文化发祥地、和氏璧故乡、三国故事的源头、民族英雄张自忠血染抗日的沙场。杨锐就出生在此地的一个书香门第。

另一位研究员雷家峰，也从事金属材料科研二十多年了。1987年，他考上了东北工学院物理系应用物理专业，1994年考入中科院金属研究所攻读金属材料及热处理专业的博士，毕业后留在钛合金研究部工作，现任钛合金研究部副主任。

他常说："研究钛合金，我认为是干一辈子都值得的事。从研究生阶段开始，我就跟随导师参与了国家级项目，树立了'以用为本'的科研理念，专门把结构钛合金作为自己的主攻方向……"

2013年春天，"蛟龙"号海试总指挥顾问、技术咨询专家组组长找到杨锐，提出要做抗压1000多兆帕的钛合金材料。杨锐说问题不大，他们已经研制出抗压近1000兆帕的板材了。不料，组长却说："我们要下海的载人舱，里边有人，这个材料可不能出事，把人给压扁了！"

哎哟，这可就难了！板材还好说，做成载人舱那要有空间、有结构，还需做好焊接，哪一方面出一丁点问题都不行。可这是全海深载人潜水器的核心所在，如果没有安全可靠的钛合金材料，整个项目将无法进行。杨锐与钛合金研究团队面临着严峻的挑战和考验。

2013年11月7日，这是杨锐永生难忘的一天。在北京论证会上，主持会议的中科院丁仲礼副院长说："载人舱是全海深载人潜水器成败的关键。杨锐你说说，能不能做出来？"

这一问，杨锐没有立刻回答。当时，他已经和钛合金研究部副主任雷家峰，研究骨干马英杰、胡青苗等人一起搞过几次头脑风暴，做了一些准备工作，但方案仍在雏形阶段，要在这个时刻对工程化阶段的载人舱拍胸脯，还是有些缺乏底气。

大家看着他，仅仅三五秒钟，杨锐好像过了一个世纪那么长，种种情形在脑海中闪过。他明白：如果没有合适的材料做载人舱，这个尖端项目就不能上马！在国家需要的时候，他怎么能打退堂鼓呢？最终，他鼓足勇气抬头回答："只要立项，我们就能干出来！"

"好，军中无戏言，敢立军令状吗？"

"敢!"

由此,战略先导科技专项成功立项,完成时间却从国家"十四五"规划提前到"十三五"规划时期了,做一个创纪录的全海深载人深潜器!并且在2016年,由科技部发布启动了"全海深载人潜水器总体设计、集成与海试"项目。

杨锐等人依据交付时间倒排进度,发现没有任何回旋的余地:"当务之急是尽快确定优化的合金成分,为后续工程化研究争取时间。我们不可能一轮又一轮反复试错,必须尽快找到一个指导原则。"

强度和韧性是金属的一对矛盾属性,也就是说,坚硬的金属往往较脆、可塑性差,韧性高则皮实、安全。近三十年来,世界上几乎所有潜水器的载人舱都采用Ti64合金制造,正是看中了它能在中等强度下保持高韧性。

但要建造承受万米深度海水压力的3人球舱,无论怎么计算,都超出了Ti64合金的强度极限。摆在团队面前的只有一条路:放弃数据齐全、制造经验丰富的Ti64合金,研制新型钛合金。这是制造全海深载人潜水器载人舱的最大技术挑战。

杨锐和他的团队很快将目光锁定在与Ti64合金韧性相当的Ti62A合金上，这一合金的设计初衷是取代Ti64合金。美国在20世纪80年代提出后曾风靡一时，但由于存在技术缺陷，后来不了了之。中科院金属研究所钛合金研究部早在"十一五"期间就研究分析过Ti62A合金的不足，有不错的研究基础。

2015年年底，他们终于做出了新材料的小模型球，立即送到中船重工七〇二所进行打压试验，一直打到170兆帕都能完全经受住严格的压力检测。时任七〇二所所长的翁震平向全国政协原副主席、中国工程院院长徐匡迪汇报："我们有了制造全海深载人潜水器载人舱的材料了！"

徐院长十分高兴："好啊，现在到2021年还有五年多时间，加把劲，我们可以向建党百年献礼了！"

由此，人们默认：全海深载人潜水器是一项献礼工程，一定要在2021年之前研发试制成功，各方面都把这个日子作为最后完成的节点。

2017年，杨锐所长的任期到了，他一天也没有在这个位置上多停留,而是作为研究员,全力以赴地扑在钛合金材料项目上。"两句三年得,一吟双泪流。"古人此语是形容苦思冥想终于有了收获的感慨,而对于今天的科学家来说,何尝不是如此呢?偶然里边有必然,经过漫长的辛勤努力而事情终于有了突破,那真是激动得要流下热泪的。

不过,光有材料还不行,如何压成两个半球、无缝焊接成整体,这就不仅仅与中科院金属研究所有关,还牵连着其他科研与生产的企业。在中国 21 世纪议程管理中心海洋处和项目专家组的协调下,组成了由中科院金属研究所钛合金研究部主任杨锐,宝鸡钛业股份有限公司总经理贾栓孝、副总经理王鼎春,以及中国船舶重工集团有限公司第七二五研究所(以下简称"中船重工七二五所")副所长王其红、廖志谦联合攻关领导小组。

这是真正的"国家队"啊!在共同奋斗中锻造出一个坚强的领导集体,勇于担当,顾全大局,精密论证,狠抓落实。在困难面前,他们充满乐观主义精神和必胜信念,力扛压力,为团队攻关争取心理空间,创造宽松氛围。

在一次焊接重大技术障碍分析会上，正当大家感到一筹莫展，心情沉重时，杨锐看看已经中午了，便收拾起桌上的材料，打趣地说："皇帝不差饿兵。刚才我听到肚子咕噜咕噜地叫，那是它在抗议呢，走吧，先吃饱了再说！"

参会的一位负责人闻听此言笑着应道："好啊，创新的道路艰难曲折，面对这样严峻的形势，杨教授还能开玩笑，说明太阳照常升起，前景依然光明啊！"

"呵呵……"大家一齐笑起来。

果然，"山重水复疑无路，柳暗花明又一村。"宝鸡钛业股份有限公司的技术总协调人王永梅勇挑重担，别看她是一位外表文静的女同志，实际上性格坚强，敢打硬仗。根据分析会上的意见，她带领组员们精准核对数据，对于焊丝的批次差异问题加班加点分析，终于追踪到氢含量超标这个"元凶"，及时加以解决。

为了让载人舱球壳的强度、韧性、塑性达到最佳匹配状态，必须控制好板材的热工艺参数，尽量让不同部位、不同厚度的板材同时达到同一温度。这就需要通过升温、断电等手段进行人为干预，不间断地进行监控、评判、调整，团队成员经常一干就是20多个小时。12吨重的板材，共使用了6块，熔炼、锻造、轧制等都达到了装备的生产极限，最终完成了载人舱球壳的加工。

其间，还有这样一个小插曲值得一书：要制备耐万米深度海水压力的载3人的球舱，板材规格已经达到现有加热炉和轧机的极限，为确保成功，宝鸡钛业股份有限公司的领导班子开会协商设备升级事宜。有人说："我们这是为海洋专项干的，应该等到上面拨下钱来再干。"

"不行！"总经理贾栓孝斩钉截铁，"这事不能等，我们自筹资金马上干，精心改造维修，绝不能拖了项目的后腿。"

一句话，彰显了"老国企"的主人翁精神，令人感佩。就这样，他们将设备能力发挥到极致，制备出高品质铸锭、高质量板材和高精度半球，创造了国内钛合金铸锭重量、板材厚度和锻件截面尺寸等多项新纪录。过去一个新型钛合金板材的研制，一般不少于八年时间,而全海深载人潜水器这个极具历史挑战性的任务从材料研制到完成载人舱球壳制造,仅仅用了四年。宝钛人功不可没!

全海深载人舱也一直牵扯着总设计师的心弦。

在妥善安排好其他事项之后,叶聪不辞劳苦,一趟一趟地飞往北京、沈阳和宝鸡等地,与科技部、中科院有关领导和专家一起协调研究事项,把控工期进度。那是一段怎样的日子啊,他们完全没有了节假日,也没有了上下班的概念,甚至不知道季节的更替,只是看到窗外的树叶绿了、又黄了。

眼见着离成功越来越近,最后一道焊接关却始终难以突破。因为载人舱由两个半球组成,需要实现超大尺寸与厚度材料的全电子束焊接一次性成功,同时具有高强度和高韧性,保证最为关键的"赤道缝"严丝合缝。这一障碍如果克服不了,则前功尽弃。为此,中科院金属研究所独辟蹊径,提出了一些新的焊接思路,设计了两种不同的焊接方案,计划用两个球舱分别试制。

试验初期,由于种种原因,项目遭遇到重大挫折,负责研发的人员坐卧不宁，寝食难安。"接力棒"传到负责焊接的中船重工七二五所，又是一个全力攻关的战场。新任所长刘艳江迅速调兵遣将，另辟蹊径，不放过一丝一毫的问题，动员全所提供支援，以巨大的勇气和担当决策拍板，确保军心不乱，斗志不减。

正是在这个时候，第一种焊接方案失败了，试焊中的载人舱球壳焊缝有了裂纹，无法使用。消息传到总牵头单位中船重工七〇二所，犹如晴天响雷，大家都感到震惊：因为留给他们的时间不多了——计划于2020年开展总装联调、出海试验，现在已是2018年底，载人舱还无法成形，这可如何是好？专家组组长、总设计师等人都十分焦急，立即启程前来查看，与前方的同志商讨解决办法。

能不能抢救这个球舱？打上铆钉运到宝鸡钛业股份有限公司做热处理行不行？谁也不敢保证。专家组组长严肃地指出："你们到底行不行？不行就向中央打报告说不能献礼了，以后再干。"

是的，献礼工程如有困难，需要早说明，不能时间快到了才说不行。可如果因为做不出合格的球舱来，影响了大局，简直是中科院金属研究所的耻辱。杨锐、雷家峰他们实在不甘心，何况开始就做了两个球舱，根据以前在实验室用试块焊接得到的数据，用另一种焊接方案是很有希望的。

"我们行！第二个球舱换一种焊接方案，应该能行！"话虽不多，却体现了中国科学家的担当精神。

"好！要的就是这句话，你们干吧！"

于是，他们与中船重工七二五所的焊接研究室主任胡伟民、技术骨干吕逸凡等人反复推敲技术方案，精心筹划组织实施。在预热焊需要开展数轮试验以获取必要数据，而试验用料无法及时到位的情况下，七二五所勇于创新，吕逸凡提出了试块镶嵌的方法，保障了研制进度，同时节省了大量试验用料。

拼搏奉献，勇攀高峰，正是载人深潜精神的体现。经过近半年的潜心研究，反复试验，在2019年6月17日，精心优化的第二种焊接方案开始了，这时离载人舱的建造完成仅一步之遥，如果再不成功，那将严重影响全海深项目的研发进展。

这天晚上，中科院金属研究所的杨锐、雷家峰和总设计师叶聪、结构设计师李艳青等人，集中在中船重工七二五所的一间会议室里静静等待。隔着一幢楼就是电子束焊接车间，载人舱的两个半球正在那里焊接。

由于经费有限，只剩两个半球了，这个球舱只能成功不能失败，容不得半点闪失。安排的时间已过，现场却迟迟没有消息。众人坐在会议室里，感到那天的空气有点潮、有点闷。杨锐走到外面转悠了一会儿，来到电子束焊接车间门口，也忍着没有询问，生怕给现场操作人员增加心理压力。

大家都心里焦急，坐立难安。终于听到有人进来了，所有人一跃而起："怎么样？"

"焊完了，大家过去看看吧！"

所有人赶紧跑到电子束焊接车间查看，从上到下、从里到外，从焊缝外观看漂亮完美。随后经过严格的探测检验，焊接合格，完全达到了指标要求！可为何比计划时间延长了近1个小时？原来，开工前设备发生了点故障。事后回想，大家都有点后怕：如果故障发生在焊接过程中，后果不堪设想。如今，一块石头终于落了地。

科研路上犹如怒海行船,闯过一个惊涛又会迎来另一个骇浪。

载人舱观察窗也是这次攻关的重点。它一共有6个开孔,都是球壳的重点部位,窗玻璃的厚度是球壳厚度的3倍。整个窗户是活动的、锥形的,外观感觉很大,但随着水压的增加可以往后退。这个变形还是曲面的,窗外是万米的深海,窗里就是潜航员,容不得半点闪失。

项目组本着严谨求实、团结协作的态度,精益求精,细之又细,工程设计周到稳妥,能工巧匠精心打磨,将观察窗安装包括底座焊接等关键部位,做到材料均衡,控制精细,一举攻克了道道难关。

一位研究人员说得很形象:"大家都拿出了看家本领,突破自我、精诚合作,山重水复后迎来柳暗花明,最终按时保质完成了任务……"

2　情系浮力块

历经八年研制出的"深海勇士"号，由各个团队积极攻关，自主创新，一举实现了95%的国产化。而到了全海深的"奋斗者"号，则百尺竿头更进一步，走在世界深潜技术的最前列，创造了同类型载人潜水器的诸多纪录：空间大、载人多、巡航时间长、科考成果多。如果说"国产化"，是为了解决进口"卡脖子"问题，那么，"国产"就是指我国科学家和工程师的首创。

除了前面讲述的中科院金属研究所的钛合金材料研发、宝鸡钛业股份有限公司的冲压成型和中船重工七二五所的电子束焊接，以及四川航空工业川西机器有限责任公司设计制造全球唯一的"深海低温超高压模拟装置"之外，还有一项十分必要的特殊部件——

固体浮力材料。

在下潜与上浮方面,深海潜水器与潜艇不同。潜艇自己有动力航行,并设有压载水舱,只要往里边注水,潜艇的重量就会大于它排开水的重量,可以逐渐下潜。当它想上浮时,用高压空气分步骤把压载水舱里的水挤出去,使之充满了空气,潜艇在水下的重量减轻了,就会上浮,直至浮出水面。

而潜水器不能完全自主运行,必须依靠母船运送到下潜海域,在机腹两侧安装压载铁,下潜时向空气舱中注入海水,重量大于海水浮力,便自由落体潜入水下。需要浮上海面时,一般有两种方式:一是消耗电动力,这既浪费能源,又会缩短作业半径;还有一种是无动力上浮,也就是安装固体浮力材料,使其在抛掉压载铁后轻于海水的比重,返回海面。

由于大深度潜水器受重量、体积的限制,所带能源有限,在潜浮运动中尽量不使用艇载能源,这种不使用能源的运动称为"无动力下潜上浮运动"。因而,其中的固体浮力材料必须绝对可靠,否则会出现浮不上来的灾难性事故。

简言之，固体浮力材料是为潜水器顺利下潜和安全上浮提供保障的核心材料，性能直接关系到潜水器与潜航员的安全，其关键技术是既要密度低又要耐高水压。因其制备技术难度大，世界范围内只有少数发达国家掌握，而且对我国实行技术封锁。当年，我们的"蛟龙"号就深受其害。

21世纪初以前，我国无法生产这种固体浮力材料，只能在国际市场上采购，经过考察，选中美国一家公司生产的固体浮力材料。

不料，合同签订了，货款交付了，却在进口材料时遇到了麻烦。虽然我们的载人潜水器是作为民用科研项目立项，但由于其应用范围的敏感性，还是引起了美国军方的猜忌，因此突然按下了停止键。经过反复交涉，作为折中和让步，美方出口审查小组答复：必须将固体浮力材料的性能降低一个等级，才能出售给中国。

那家公司的负责人找到中方，双手一摊："没办法，我们必须服从政府的决定。"无论我们如何解释，对方都只是耸耸肩，表示爱莫能助。

为了不影响安装工期，我国决定接受这一条件，但这对潜水器的整体设计产生了巨大影响。等级降低就得多装材料，那将意味着增加潜水器的体积和整体重量。由此，总体布置、设计图纸必须重新再来，布放回收系统的起吊能力和母船的改装，也都必须另行复核论证……

这种现象再也不能继续下去了，核心技术是买不来的！中国科学院理化技术研究所（以下简称"中科院理化技术研究所"）研究员、女科学家张敬杰听说了这件事情后，心里很不是滋味。自己就是研发轻质材料的，绝不能让国家再受制于人！于是她主动请缨，勇挑重担，带领研究团队卧薪尝胆，夜以继日地开始了攻关。

张敬杰1966年5月出生于北京，1989年8月硕士毕业后，就来到中国科学院感光化学研究所（中科院理化技术研究所的前身）工作。在这里遇到了恩师宋广智研究员，在他的带领下一直潜心学习研究。宋老师性格鲜明、为人正直、学风严谨，时常教导学生："你一定要实实在在做事，不要做表面文章。只要有科学精神，不一定要出国学习，在国内也能出成果。"

张敬杰相信老师的话，心悦诚服地跟着老师脚踏实地、精益求精地做研究。

早在20世纪90年代，他们就瞄准国际高新技术，参加国家"863计划"，研究做反光材料实心小球。在一次偶然的实验中，他们有了重大发现：本来烧杯中的微球密度大，且不允许有气泡，这次却看到上面漂着一层"粉"，没有沉下去，这是为什么呢？张敬杰觉得很奇怪，进一步进行拓展研究，将烧杯中漂浮的粉分离出来后，发现是一种球形中空的粉体，可以做轻质材料用。

真是无心插柳柳成荫。由此，他们投入开发"软化学"法制备空心玻璃微球技术。当时条件很差，甚至连必要的高温设备都没有。好在她的家就在研究所内的宿舍楼里，张敬杰干脆搬来自家的煤气罐，和老师一起手工制作了简易喷枪，一点点烧制球形粉体。

2004年，宋老师退休了，张敬杰担起了这个课题组组长的重任。

21世纪的海洋是大国角力的战场。大规模开发利用海洋必须有高端海洋装备和材料支撑，否则一切都是空谈。固体浮力材料是由空心玻璃微球加上树脂基材，通过混合和热固化形成。这种复合材料必须又轻又强，才能既提供浮力，又能承受海底高压。

开始，一些业内人士不免担心：一介弱女子、一位没有国外留学经历的学者，她能够担负起这样的重任吗？实际上，那是他们太不了解这位巾帼英豪了。张敬杰虽性情温柔，但一点也不柔弱。别看她是地道的本土科学家，与那些海外留学的人相比，丝毫也不逊色。更为难能可贵的是，她有一颗强大的"中国心"。

2013年，张敬杰团队自主研制的固体浮力材料模块，参加了深海压力测试。她的学生严开祺代表团队3次出海，战风斗浪，样品驻留海底长达155天。样品取回后测试吸水率达标，性能达到国际先进水平。但能否进一步研制出能承受万米海底压力，并且实现量产的固体浮力材料，还有待于进一步研究试验。

有时候，机遇和挑战是一齐到来的。2013年，中科院在三亚的深海科学与工程研究所开会，研讨有关海斗深渊立项问题。一屋子专家都是各个领域的领军人物，只有张敬杰一位女士。主持人在讲明会议主旨后说："我们要不要干？当然风险是很大的，可能成功，也可能失败，大家都谈谈吧。"

有些人模棱两可，瞻前顾后，既想干又担心干不成。轮到张敬杰发言了，她旗帜鲜明地表态："应该干！我们科学院就是要勇于挑战和探索，干就有希望，不干永远不行，弄不好还会让人卡脖子！"

她的话语惊四座，掷地有声，引得大家刮目相看！会场的气氛顿时活跃起来，主持人十分赞赏，最后大家逐渐统一了思想，再苦再难也要实现深海潜水器国产化，进军深渊科学考察。

2014年，在三亚又一次召开深渊项目学术会议，张敬杰带去了3块浮力块样品，见到了参会的"蛟龙"号总设计师徐芑南，特意对他说："这是我们在南海经过测试的固体浮力材料，您看看。"

徐芑南很高兴："好啊，咱们自己可以生产浮力块了，这是我最开心的。能不能送我一块啊？"

"可以！我们有信心有能力生产更多更好的浮力

块。"张敬杰说道。

会后不久国家就立项了：确定 4500 米级载人潜水器"深海勇士"号的固体浮力材料，由中科院理化技术研究所张敬杰团队提供，要保质保量保工期。这种载人潜水器所用的材料要求更高，人命关天。时间紧、任务重，有关协作单位不无担心地问道："你们行吗？要不我们也预定进口材料，万一……"

张敬杰毫不犹豫地说："没有万一。况且我们也买不来高性能的团体浮力材料。在国家的重大需求面前，我们只有一个理念：勇于担当，责无旁贷！这就是中国科学家存在的意义。"

虽然是临危受命，但他们并没有足够的经费。为了如期完成任务，不至于拖海试的后腿，中科院理化技术研究所全力支持，紧急调配了河北廊坊园区场地，中科院院长基金项目匹配了部分经费。张敬杰率领团队一边科研一边生产，工作量巨大，失败也是一个接一个，前期几乎每天都在打击中度过，望着堆成小山的废品，有人犹豫了，有人失望了。

张敬杰睁着布满血丝的眼睛，只说了一句："咬牙坚持,胜利就在眼前!"

那段日子里,整个团队都拼尽了全力。当时正值寒冬腊月天,偌大的车间里没有暖气,包括张敬杰在内的所有人都不顾什么形象了,穿件旧棉大衣整天泡在机器边上。车间条件差,没有通风系统,粉尘排不出去,干上一天,小伙子们一个个都成了"白头翁"。

她的得力助手严开祺是福建上杭人,那里也是革命老区,从小受到爱党爱国教育的他,好学上进。严开祺2009年由南开大学毕业后,保研来到中科院理化技术研究所师从张敬杰读硕士和博士,为完成"深海勇士"号的任务奋力拼搏。当时,妻子怀孕已近临产,可他全身心盯在项目上,一点也照顾不上,只好请老人代为照顾。

一天,严开祺正在车间里忙碌,突然接到家中的电话:"快回来吧,你媳妇要生了,可能要剖宫产,需要你签字!"

"啊?不是还没到预产期吗?怎么……"严开祺拿着手机愣在那里。

过了一会儿,他才弄明白原委:原来是老人陪同他妻子去医院例行检查,结果医生不让走了,说需要马上住院剖宫产。廊坊离北京还挺远的,一时半会儿的怎么能赶过去呢!张敬杰得知了情况也十分焦急,到处张罗着帮忙找车。

正巧,有位质量办的同事开车来工地,严开祺赶紧冲上去说明情况,人家痛快地一挥手:"快,上车!我送你去。"

"谢谢啦!"一路风驰电掣,小车把他送到了医院。严开祺三步并作两步冲进住院部,妻子已经被推进了产房,他连面也没见上,只好赶紧接过护士递过来的手术单,连看也没看具体内容就签了字,而后焦急地等候在产房外面。

不久孩子平安出生了,严开祺心里的一块石头才落了地。可他还是无法陪在妻子身边照顾,潜水器上的固体浮力材料始终牵动着他的心弦,于是他只是抱了抱孩子,有些内疚地对妻子说:"你多保重,我还得回去……"

苍天不负有心人。

2016年,张敬杰团队研发的固体浮力材料出来了，交付到中船重工七〇二所做打压测试。经过24小时的严格测试，这批产品完整无损，百分之百的合格。在场的徐芑南院士更是兴奋地拉着张敬杰、严开祺等人的手合影留念。

中科院理化技术研究所不负众望，研制生产的固体浮力材料性能优良，装在"深海勇士"号载人潜水器上顺利通过了海试。这使我国成为世界上为数不多的具备从生产核心原材料到构件加工、全链条固体浮力材料开发能力的国家。它与载人舱材料的研发、焊接等项目的成功，具有同等重大的意义。

全海深载人潜水器立项后，张敬杰团队与中船重工七〇二所、中科院金属研究所等团队一样，又转战研制能承受万米水压的高安全系数固体浮力材料。在多年技术积累的基础上，他们采用自主知识产权的软化学制备技术，把核心原材料高强空心玻璃微球与轻质高强树脂基材结合起来，制备出了具有高安全系数的万米级固体浮力材料，同时进行了批量化生产。

人们在祝福某人某事时，常常会说"祝你一帆风顺"，实则现实生活中少有"一帆风顺"之事。全海深载人潜水器是向建党百年献礼工程,可给固体浮力材料的试制和生产只有两年时间。张敬杰带领团队夜以继日连轴转,按设计需4000块浮力块,每一块都要在中科院深海科学与工程研究所进行打压测试。

那年夏天,正是三亚最热的时候,先期做好的1000多块浮力块被运来测试。第一项压力测试全部合格,在进行下一项测试时,却出现了大问题:打压完毕抽检时看到一块有裂纹,接着又一块不合格,最后发现全打坏了!当时,张敬杰在北京听到电话汇报后,只感觉脑袋嗡的一下,整个人都蒙了!怎么会这样呢?我们出厂时都做了测试,没问题啊!

重新再做1000块测试,重新筹措资金,工期更加紧张,同时还要查找原因解决问题,不然还是不行啊!一时间,张敬杰欲哭无泪。好在她是位意志坚强的巾帼英杰,定定神指挥团队立即再干起来。他们兵分两路,一路抓紧检查生产环节是否正常,一路赶赴中科院深海科学与工程研究所查找测试失败原因。

从原材料到生产流程严格分析,完全正常,那么问题到底出在哪儿呢?几次三番,他们终于找到了

"元凶",那就是温度!海底冷,海面上热,但没有压力。盛夏时在三亚车间里测试,高温加上高压,固体浮力材料就受不了了,必须降温再测试。可偌大的车间没有空调,怎么降温?

大家一起想办法,决定买冰块进行冷却。于是,每次打压测试时就到海鲜市场冷库里买上3卡车冰块,放到设备旁边预冷,车间没有大门,就买塑料布挂上,挡住室外的热风。这些土办法还真有效,再次运来的浮力块终于顺利通过了测试……

那是一段让人永难忘怀的岁月,张敬杰白天黑夜都是想着潜水器。她曾经做了这样一个梦:梦见自己抱着浮力块到了海底,许多海马围了上来。第二天醒来跟别人说,大家笑个不停,说她都快把自己变成固体浮力材料了!

"是啊!中科院理化技术研究所在北京,负责材料测试的中科院深海科学与工程研究所在三亚,黏结加工、装配在湖北和江苏,为了做固体浮力材料,我们跑了大半个中国。"张敬杰感慨地表示。

正是他们团队的集体努力,使得固体浮力材料在时间节点内顺利交付，且性能比同类产品有很大提升。不仅实现了万米深潜，还能多次往返，质量可靠，完全打破了外国垄断！

虽然经历了许多波折、吃了不少的苦，但张敬杰毫不在意，面对采访时她欣慰地说："现在回头看，再艰辛的付出都是值得的。这一切都来源于继承和坚持。能够解决国家所需，让祖国更加繁荣富强，这是我们科研人最大的荣耀！"

3　穿透万米海水

无独有偶,支持全海深载人潜水器下潜万米的国产"神器",还有国际最尖端的水声通信系统。

如果我们是在陆地上开车,手机上随便一个地图导航都可以告诉我们怎么走,走第几条车道,所以一般不会迷路。哪怕方向感不好,真的迷路了,拍个照片发给亲人、朋友,他们肯定能帮上忙。夜晚还可以打开车灯,照亮前方的路。

但是到了深海,伸手不见五指,电磁波受海水的吸收影响,电话肯定是打不了,更别说地图导航和发信息了。而光学辅助成了"近视眼",一般是几十米开外就难以看清了。潜航员怎么才能找到正确的路线呢?

不要担心,我们还有声波!声波在水中传播时衰减远小于电磁波,而且可以在海水中传播很远,因此水声通信技术应运而生。它的工作原理是首先将文字、语音、图像等信息经过编码、调制处理后,将电信号转换为声信号。通过水这一介质,将信息传递到远方的接收换能器,再转换为电信号,还原成文字、语音及图像。

打个形象的比喻,有了水声通信技术,浩瀚无垠、深不可测的海洋立即就变得"透明"起来,大洋的各种观测数据可以实时地呈现出来,这是人类认识深海、研究海洋技术手段的一次重大突破。正因如此,水声通信技术是当今海洋高技术领域最前沿的技术之一。

中科院声学研究所作为我国载人潜水器声学系统的总负责单位,从"蛟龙"号开始,就一直为载人潜水器研制必需的声学系统,为潜航员安全驾驶提供了可靠的技术保障。

研究员朱敏和他的团队一直在辛勤地付出。经过多年探索研究,他们自主创新研发了先进的水声通信机,成为潜水器与母船之间沟通的唯一桥梁。它支持4种通信模式,分别是相干水声通信(用于图像等数据高速实时传输)、非相干水声通信(用于数据和文字等传输)、扩频通信(用于恶劣条件下的指令传输)以及单边带调制技术(用于语音传输,实现水下打电话)。这些看似容易,实现起来却十分艰难。

2002年6月,7000米级载人潜水器正式成为"863计划"重大专项。搞了大半辈子水声通信技术的朱维庆,深知水声通信技术对载人潜水器的重要性。经过层层申请和筛选,朱维庆和他的弟子朱敏带领声学团队,承担起了水声通信系统的研制重任。

这个项目应该走什么样的技术路线呢?朱维庆第一时间就想到了"高速数字水声通信技术"。这是当今一项代表大深度水声通信的前沿技术,目前世界上只有美国、法国、日本等少数国家掌握。它在语音通信的基础上,还可于大洋深处实现对数据、文字、图像的高速即时传输。

在朱维庆教授的指导下,由他的得意弟子朱敏带领杨波、张东升、刘烨瑶等一批年轻人奋力攻关。经过几年的不懈努力,他们设计制造出了完全自主知识产权的水声通信机,能够在不同的水声环境下实现图像、文字、指令等的传输。安装在 7000 米级载人潜水器"蛟龙"号上，经过了陆地水池的试验，证明完全可以胜任水下联系的重任……

此后几年，"蛟龙"号一路过关斩将，水声通信技术越来越成熟，从下潜 1000 米、3000 米、5000 米（负责水下调试的张东升、杨波一直随同下潜），直到突破了 7062 米大关，张东升和杨波也与叶聪等人一起被国家授予"载人深潜英雄"荣誉称号。

后来，朱维庆老师年老体弱逐渐退了下来，朱敏和他的水声"娃娃兵"们挑起了大梁，沿着已经闯出来的创新之路不断前进。他们在中科院有关部门的支持下，成立了海洋声学技术中心，朱敏任主任，专门研究更加先进的水声通信系统。紧接着在 4500 米级的"深海勇士"号上又大显身手，不仅完全配置上了中国人自己设计制造的水声通信机，还大为改善了操作程序。

原先在解决"蛟龙"号载人潜水器水下通信时，为了减轻噪声影响，想出了一个在母船侧边拖带水声吊阵的办法。即预先施放一根长长的电缆连接的声学吊阵，伸到海水下面三四百米。这样虽然避免了噪声影响，保障了无线联络，但由于拖着一条"长辫子"，给操船带来了不便，要时时提防电缆缠绕进推进器中，并且电缆在船舷磨损严重，不得不经常更换。

这次研发"深海勇士"号水声通信系统，朱敏团队则利用了"探索一号"母船的设备——在船舱最下边有一个通海阀，做好有关数据计算，只需将声学吊阵伸到水下3米就可以了。实现了船载通信，再也不用拖上几百米的尾巴了。

如今，"全海深载人潜水器总体设计、集成与海试"中的声学系统项目，又是中科院声学研究所作为牵头和承担单位，由朱敏研究员带领的海洋声学技术中心团队负责完成。包括全海深水声通信机、地形地貌探测声呐、多波束前视声呐、多普勒测速仪、避碰声呐的自主研发以及定位声呐和惯性导航设备的系统集成。

令人可喜的是，当年那名时常晕船的声学工程师杨波，成为领衔挂帅的"奋斗者"号副总设计师、水声通信总设计师，还带点孩子气的刘烨瑶则担负起主任设计师,并兼任潜航员。他们带领着几名更年轻的"声学人"前往深海大洋接受风浪的考验。水声通信系统是潜水器与母船"探索一号"之间沟通的唯一桥梁,有了它,才能让潜航员放心大胆地遨游万米海底,畅通无阻。

首先,潜水器到达海底开始作业之前,要通过各种声呐"侦察"一番:测深侧扫声呐安装在潜水器的两侧,通过感知海底反射声波来获取海底的地形地貌。前视成像声呐则安装在潜水器前部,负责探测前方的目标和海底地貌,最远探测距离超过 200 米。简单来说,它们为潜航员绘制了方圆 200 余米的海底地图,根据地图就可以规划潜水器的行走路线了。

但是这些还不够。开车行驶在公路上时,我们常会看到"前方施工,请绕行""前方隧道限高 3 米"等提示标语。在海底,载人潜水器也会碰到这样的状况,那么谁来提醒潜航员呢?这时候,避碰声呐就开始显神通了。避碰声呐安装在潜水器四周各个方向,可以实时监测自己到各个方向障碍物的距离,为潜航员提供"路况"信息,避免发生碰撞。

此外，还有定位声呐和多普勒测速仪。海面上的母船安装定位声呐基阵，水下潜水器安装应答器，它们之间借助声波互相喊话。母船的定位声呐基阵有很多只"耳朵"，它收到潜水器的喊话后，通过计算每只"耳朵"与潜水器之间的距离，就可以精确定位潜水器，再把定位结果通过水声通信机传递给潜水器，实现导航。

多普勒测速仪安装在潜水器的腹部，它可以利用多普勒效应测量潜水器的行驶速度，以及潜水器下方的海流速度。多普勒测速仪配合惯性导航仪，可以准确告知潜航员当前潜水器的速度、姿态和方向。通俗来说：定位声呐告诉潜航员潜水器现在在哪儿，多普勒测速仪告诉潜航员潜水器的速度有多快。依靠它们，潜航员就能随心所欲地驾驶潜水器，想去哪儿就去哪儿。

当潜航员到达某个区域展开作业时，发现了罕见的海底生物，拍摄了值得纪念的瞬间，怎么实时分享给在海面上的人们呢？这就又到了水声通信机施展才能的时候，它的水声电话功能和相干水声通信模式支持语音、图片的实时可靠传输,俨然是反应灵敏的水下微信。

坐镇中科院声学研究所大本营的项目负责人朱敏,相比前几年更加稳重成熟了,面对采访,他推推眼镜,自信而自豪地说:"相较于前两代的'蛟龙'号与'深海勇士'号载人潜水器,全海深载人潜水器的声学系统实现了完全国产化,突破了全海深难关,技术指标更高,为全海深范围内的持续巡航作业提供了可靠的技术保障。"

4 独一无二的"大头鱼"

除此之外，这艘全海深载人潜水器下潜深渊作业，获取大量生物、地质等海底样品，离不开聪敏智慧的大脑和灵活有力的机械手。过去，这些关键部位，我们大多需要外国技术和进口部件。如今，已经全部"自给自足"了，这是中科院沈阳自动化研究所的杰作。

深海一片漆黑，地形环境高度复杂，全海深载人潜水器的"大脑"必须实现高精度航行控制，不然就可能有"触礁"风险。为此，研究人员克服了深渊复杂环境下大惯量载体多自由度航行操控、系统安全可靠运行等技术难题，研制了智能化控制系统和电动观测云台，实现了在线智能故障诊断、容错控制以及海底自主避碰等功能。

本来，从外表上看，这艘全海深载人潜水器有着圆溜溜的身子、宽大的额头，前面安装着观察窗和照明灯，像明亮的眼睛一样注视着幽深的海底，外形就像一条大头鱼。而它之所以能够"如鱼得水"，来去自如，关键就在于拥有一套先进的自动化控制系统。

中科院沈阳自动化研究所的研究员赵洋作为全海深载人潜水器的副总设计师、控制系统的总设计师，带领赵兵、孟兆旭等人执行了创纪录的万米级海试任务。他感慨地说："我们设计的神经网络优化算法，能够让全海深载人潜水器在海底自动匹配地形巡航、定点航行以及悬停定位。其中，水平面和垂直面航行控制性能指标，都达到了国际先进水平。"

应该说，中科院沈阳自动化研究所是我国机器人研究的重要基地。具有"中国机器人之父"之称的原所长、已故中国工程院院士蒋新松，是我国机器人研发的开拓者，国家自动化技术领域的首席科学家。

虽说蒋所长已经离去二十多年了，但值得欣慰的是，蒋新松院士的学生们和一代代研究人员，薪火相传，继往开来，不断把他未竟的事业推向前去。不用说,"奋斗者"号的副总设计师、控制系统的总设计师赵洋就是这样的人。

生于1976年的赵洋,2005年入职中科院沈阳自动化研究所之后,一直在从事水下机器人研究开发工作。当时团队负责人张艾群、王晓辉正带领郭威、祝普强等人,投入"蛟龙"号载人潜水器的控制系统项目。赵洋担任实习研究员、助理工程师,更多的是学习、体验,积累实践经验。而到了"深海勇士"号,他则逐渐成为骨干,研究室专门成立了载人技术控制部,祝普强任部长、赵洋任副部长,实现了载人潜水器的国产化目标。

长江后浪推前浪,一代要比一代强。这是不可辩驳的自然规律,因为后人要总结前人的经验教训,发扬成绩,纠正错误,以利再战并且取得更大胜利。如果不这样,人类文明就无法发展进步了。随着时间的推移,赵洋在中科院沈阳自动化研究所这所大熔炉里,茁壮成长起来,终于挑起了大梁。

2016年,4500米级的"深海勇士"号告一段落后,科技部、中国21世纪议程管理中心立即布局全海深载人潜水器研发项目。原班团队再次披挂上阵，中科院沈阳自动化研究所、中科院声学研究所与中船重工七〇二所等单位受命联合攻关。七〇二所为总牵头单位，其中，赵洋任副总设计师兼控制系统总设计师，由此拉开了全海深载人潜水器研发帷幕。

为了能更加集中精力搞好这项研究，2017年，他们专门成立了水下载人控制部，负责研发全海深自动控制的所有项目，同时还要做"蛟龙"号的技术升级，支撑海上科考、评估和检测。赵洋带领几个年轻人专门做"奋斗者"号，作为主任设计师兼潜航员的赵兵1988年出生，助理研究员赵诗雨、孟兆旭等都是90后。

就是这样一支青年军，挑起了全海深载人潜水器的自动化控制重任，除了驾驶方面的下潜、定深、定高、巡航、悬停之外，还有应急控制、安全保障、灯光摄像、机械取样、抛载上浮等。另外两项设备也需要他们设计制造，一是操纵电动云台，人眼的观察范围是有限的，开启云台可以展开视野，扩大观察范围；二是示位器，即当潜水器返回海面时，它可通过发信号向母船显示其位置，指挥部屏幕上会出现一个绿点，便于及时将其找到并回收。顺便说一句，母船指挥部有一个"水面监控平台"，潜水器在水下的各种状态：深度、角度、方向、航迹等，由声学系统打包传递上来，再由此平台分解，一一显示在大屏幕上，人们一看就对海底的潜水器的状况一目了然。

为了真实形象地搞好陆上训练，他们又研发了一种一比一的仿真平台，也就是模拟训练器。坐在里边，就好像真的进入"奋斗者"号一样，下潜上浮、左右巡航，这对于年轻的潜航员来说，是不可多得的类似真枪实弹的学习与演练。

简言之，自动化控制可以说是无处不在，如此繁重复杂的设计、研制任务，都落在赵洋牵头的团队身上。于是，他们每天早早就进所，往往一直忙到很晚才离开，还时常加班到深夜。2019年10月，正值中科院沈阳自动化研究所向新址搬迁，而全海深载人潜水器控制系统定于12月出所联调，时间非常紧张。全力支持他们的所领导特批：全所保障水下载人控制部优先搬迁。

真是一路绿灯。赵洋带领大伙儿仅用两天时间就把全部家当搬完，在新所就位继续运转，一点也没受影响。这以后，他们就进入了紧张的状态。满打满算不到两个月时间，正常工作的时间远远不够，整个团队经常干到夜里两三点钟。有一天，年轻的赵兵突然觉得鼻子一热，以为是流鼻涕呢，用手随便一抹，结果红红的，原来是累得流鼻血了……

　　带头人赵洋更是身先士卒，一心扑在工作上，家中事什么也顾不上！那天他刚走进单位，电话就追了过来："快回来吧，你媳妇和孩子都摔着了！"

　　"啊！"赵洋大吃一惊，可他当时手头正忙着，只好嘱咐家人先将妻子和孩子送到医院检查。

　　直到中午忙完手上的事，他才火急火燎地赶到医院。原来早上妻子抱孩子上幼儿园时，一脚踏空摔下了楼梯。好在她紧紧抱着孩子，没出大问题，到医院检查后发现脚踝摔骨裂了，不能走动，一碰就钻心的疼。

　　科研人员的妻子早已习惯了丈夫的生活方式，一上了项目有了任务那是没白天没黑夜的。这时她反而内疚地说:"赵洋你看,我拖你后腿了,对不起……"

一句话令赵洋鼻子一酸、眼圈红了:"应该说对不起的是我!都怪我太忙了,照顾不上你们……"

时间正是 11 月末,离 12 月 23 日全海深载人潜水器控制系统"出所"不到一个月了,活儿还得干。妻子说身边都有老人照顾催他快回去,赵洋最后想了个办法:从网上订购了一副拐,让妻子凑合着用,算是他的替代品,然后一步三回头地回到了研究室。

整个团队几乎人人如此。

另一位控制系统软件研究员兼潜航员赵兵,是 2014 年才正式来到中科院沈阳自动化研究所的年轻人。此时的"蛟龙"号已经功成名就,他在老师的带领下,全身心地投入新的载人潜水器"深海勇士"号上。结婚成家也是伴随着深潜事业一路走来。2017 年春节刚过,"深海勇士"号进入总装联调、水池试验阶段,需要赵兵前往无锡的中船重工七〇二所现场工作。可此时他的妻子怀孕了,有严重的妊娠反应,而且她还是稀有血型,俗称"熊猫血",一旦出现不测,抢救会十分艰难。

怎么办？望着妻子期盼的目光，赵兵左右为难，最后还是下定决心，请来了家中老人帮忙照顾，自己跟随团队奔向深潜的战场。这一去就是五个多月，直到总装联调全部达标、胜利完成任务才返回家中。转眼来到了8月份，孩子出生了，可是还不到10天，赵兵又要撇下还在月子中的妻儿出海，去参加"深海勇士"号的海试。

临走那天，初为人父的赵兵在妻儿床前徘徊不止，心里忐忑不安，实在不忍心离去。还是妻子深明大义，完全理解，坚强而果断地说："你去吧，家里有爸妈照顾，不用担心我们娘俩，祝愿海试圆满成功！"

"这……"赵兵眼睛一热，又亲了一下女儿稚嫩的小脸，站起身道，"好，请等候我们胜利的喜讯吧！"

果然，"深海勇士"号一炮打响，其中也包括赵兵以及整个团队家属的默默奉献。此后，他们又全力投入全海深载人潜水器的研发工作，在自动化控制系统软件与硬件方面再上一层楼。

如此这般，在这艘全海深载人潜水器身上，还有其他种种中国人独创的高科技、新动能，此处不再一一赘述了。这一方面填补了我国在深海装备方面的许多空白，另一方面极大提高了我国科学工程设计、制造、实验的能力，可以让我们的载人潜水器在水下有更长作业的时间，也就有更大的机会去发现海洋深处的奥秘。

一晃四年过去了，好似唐僧师徒西天取经历经"九九八十一难"，战胜了种种"妖魔鬼怪"，终于修成正果一样，我们的全海深载人潜水器各项指标全部合格，并且在2020年春天经历了总装联调、水池试验，具备了出海海试的条件。

回顾一路走来的艰辛，总设计师叶聪感慨地说："能够做这个项目，想着要去挑战万米深海，完成这个世界上独一无二的事情，我整个人的状态是非常兴奋的，甚至有一点亢奋。如果说当时有什么疑虑的话，那就是技术挑战和时间限制，这两点对我来讲，有很大的挑战性。因为有一些设计已经到达了设计方法的边缘了，我们叫做极致设计。通俗地讲就是我们这一块地板砖上面有10000吨的重量，或者是相当于在后背上压着几千只大象。

"设计图纸完成以后,在沈阳拼它的材料,然后到陕西去做轧板,到四川去进行加工,到江苏去成型,到河南去焊接,最后到海南来做试验,再回到无锡把它安装起来。像载人球壳的安装精度都是毫米级的,观察窗玻璃的安装精度都是零点零几毫米的级别。可以说通过一个球壳就能看出来,它代表了我们国家设计的力量,也代表了我们国家制造的力量。两年时间完成设计,两年时间完成建造、总装、联调和水池试验,在多个关键技术和重要材料领域拥有国产化核心技术,国产率96.5%。这艘全海深载人潜水器代表了当前深海工程技术领域的顶级水平……"

小贴士

1. 全海深载人潜水器研制,是"十三五"国家重点研发计划"深海关键技术与装备"专项的核心任务,作为我国自主研发建造的全新一代载人潜水器,最大下潜深度超过10000米,也就是要达到世界海洋最深处——马里亚纳海沟。

2. 全海深载人潜水器载人舱制造是一项涵盖高性能钛合金设计、超大厚度板材制备、半球整体冲压、大厚度钛合金电子束焊接等技术的跨领域系统性工程。载人舱要求重量轻、强度高、可焊接、耐腐蚀、抗疲劳、长寿命。2016年科技部立项后，由中科院金属研究所、宝鸡钛业股份有限公司和中船重工七二五所等部门，历时三年完成这一研制工作。

3. 深海固体浮力材料，为空心玻璃微球加上树脂基材，通过混合和热固化形成。世界范围内，只有少数国家掌握核心技术，且对我国实行技术封锁。2014年，中科院理化技术研究所牵头对固体浮力材料的自主研制展开攻关。在经历了上千次失败后，中科院理化技术研究所终于制备出具有高安全系数的固体浮力材料，并且批量化生产。

第六章 「马沟」来了「奋斗者」

1　悲欢庚子年

正当全海深载人潜水器团队夜以继日、紧锣密鼓地忙碌之际，时光的车轮驶进2020年的大门，一场突如其来的新冠肺炎疫情袭击了武汉乃至整个华夏大地。本来正在准备欢度新春佳节的人们，脸上的笑容瞬间被严酷的"倒春寒"冰封了。原计划要在2020年进行全海深载人潜水器的海试验收，还能不能如期进行呢？

能！全海深载人潜水器领导小组、专家组和总牵头单位中国船舶集团有限公司第七〇二研究所（2019年11月8日，中国船舶工业集团有限公司与中国船舶重工集团有限公司联合重组，注册成立中国船舶集团有限公司。因此2019年11月后简称"中国船舶七〇二所"）下定了决心，一边做好防疫工作，一边全力以赴完成项目。按计划,这期间到了总装联调、水池试验阶段。一声令下,所有参研参试单位派出精干人员,在做好检测防控的前提下,全部会集到无锡总装车间里。无锡有"戏"了!

2020年2月9日,庚子年正月十六大清早,一辆家用轿车奔驰在几乎空无一人的高速公路上。这是中国船舶七〇二所的高级工程师、全海深载人潜水器的电气设计师兼潜航员张伟在开车。他本来大年初一才从单位赶回安徽六安老家过年,结果突遇疫情到处封闭,可张伟却心急如焚,因为全海深载人潜水器联调不能耽搁,于是他决定自驾赶回无锡。

在高速公路入口处,六安交警得知情由,善意提醒他:"依现在的情况看,你这一去很可能会滞留在路上,进退两难。"

"那也得走!"张伟没有丝毫犹豫。

32岁的张伟,2009年毕业于南京理工大学自动化专业,来到中船重工七〇二所主要从事潜水器的电气系统、控制系统的研发、设计与调试工作。这年8月,我国第一艘自主设计、自主集成研制的"蛟龙"

号载人潜水器首次进行 1000 米级海试。晚来一步的他未能参与"蛟龙"号的工作，内心很是遗憾。

时光转到 2017 年，张伟终于有机会作为技术人员和主驾驶，随同"深海勇士"号出海了。就这样，他见证了我国大深度载人潜水器在曲折中一步步突破的历程，也把将深潜进行到底的信念深深埋在了心底。而今，他除了作为技术人员参与"奋斗者"号的研制任务外，还是"奋斗者"号的潜航员，负责在陆地上的联调和水池试验。

此时在太湖之畔的七〇二所，犹如攻坚克难的"七〇二高地"，从所长何春荣、顾问徐芑南，到总设计师叶聪、副总设计师胡震、项目办主任侯德永、水下工程室主任杨申申等人，带领各路人马组成了一个拳头，向着前方山头发起了总攻。外面进来的人员，一律隔离 14 天；而运送材料配件的货车来到大门口后要全部消毒清洗完毕才能进来。尤其来自武汉的人员和物料，由专人负责严格管理，在保证安全的前提下，使调试不受一点影响。

立项四年来，全海深载人潜水器原定 2020 年 2

月完成总装建造和陆上联调。突发的疫情,让节奏变得更为紧张。陆上联调环节原计划于春节后继续开展,届时将邀请诸多合作单位、外协厂家来无锡现场进行各系统的调试。

疫情阻断了常规的交通和人员往来,作为团队成员之一,张伟内心比谁都着急。当他急三火四地到达无锡高速下道口,因为检测等待了七八个小时后,终于在2月10日凌晨3时左右回到单位,并在隔离14天后投入工作。

因受疫情影响,有些合作单位的技术人员无法到现场,整个团队便天天、时时线上沟通,一点点推动调试展开、一步步完成最后冲刺……

一连几个月,负责控制的中科院沈阳自动化研究所的赵洋、赵兵、孟兆旭等人都成了中国船舶七〇二所的"员工"了,他们每天"泡"在车间里,没日没夜地"连轴转"。还有中科院深海科学与工程研究所的潜航员叶延英、罗红武等更是扎在这里,跟随潜水器一起成长,既熟悉调试各种设施,又学习体验实际操作。

说起来，其间还发生了一个令人啼笑皆非的小插曲。那时疫情突发，举国上下一是全力抗疫，二是严防死守。没有特别事务，都要求人员待在原地不得流动。可是原定全海深载人潜水器6月要具备出海条件，所有总装联调必须按时间节点完成，控制系统十分重要。

2月6日晚上，总设计师叶聪给中科院沈阳自动化研究所的赵洋发信息：工期不变，继续推进，请你们速来！防疫与海试均不能有误，经所领导特批，赵洋团队于2月8日将设备发往无锡七〇二所，并派孟兆旭、佟以轩两人先期前去调试。

不料，问题来了：孟兆旭本人是东北人，上大学是在武汉，办的是武汉居民身份证。当时武汉是重疫区，各地几乎谈"武"色变，避之唯恐不及，甚至一经发现立即隔离。飞机起飞了，赵洋想起此事，犯难了，打电话向叶聪通报此事：

"叶总啊，如果小孟飞到无锡就被扣住了，还怎么工作？"

"这……"叶聪也倒吸一口凉气，紧接着定定神想出了办法,"我现在马上去机场,向那边说明情况,把人接过来。"

就这样,曾经因为对"蛟龙"号的突出贡献,被国家授予"载人深潜英雄"荣誉称号的叶聪,亲自乘车去机场接站了。果然,防疫人员看到孟兆旭的身份证后,如临大敌高度警惕,要将其扣住隔离。幸亏叶聪及时赶到,说明他是为了国家重点工程而来,来自沈阳,担保最近从未去过武汉,这才开了绿灯。

总设计师"机场捞人",成了一段趣闻佳话,也从一个侧面看出紧张防疫的情形和团队推进的决心。

很快,全海深载人潜水器总装成型,从外观看,它像是一条可爱的小鲸鱼,有着滚圆和流线型的身体。首部开置3个观察窗,像是神话中"二郎神"的3只眼,明亮而智慧,可以洞察海底。前面装有一对灵活的机械手,如同螳螂高举的"大刀"。尾部装有9个推进器,好比这条大鱼的"鳍",可使它在海里自由移动。舱内设置3套供氧系统,能够完全保证潜航员的安全。

这艘全海深载人潜水器能不能畅游万米海底,需要在陆地上经过严格的水池模拟试验。这是前往大洋深渊的最后一步了。总设计师叶聪、副总设计师胡震等人格外谨慎，每天都早早来到水池试验室。负责电气设计的张伟兼任首席潜航员，更是率先进舱潜水。30多米的水池，有时一连调试考核12个小时，紧张而艰辛。

为了掌握第一手情况，总设计师叶聪不但一直盯在现场，而且在每一个新深度，都是最先下潜。有人劝阻："叶总，现在不是当年'蛟龙'号了，你是主帅，不一定要自己上前线。"

平常爱开玩笑的叶聪却正色道："正因为我是总设计师，才更要带头上！这是对自己设计的负责和信任，有了问题也便于及时解决。"

从立春到初夏，一连进行了多次水池联调、模拟下潜，整个团队始终保持着昂扬的战斗姿态，"两耳不闻窗外事，一心只调潜水器"。针对出现的疑点、难点全力攻关，就像部队攻打敌方阵地似的，炸掉了一个个火力点，再打下一个个地堡群，终于将胜利的红旗插上了山巅。

他们要在不平常的庚子年，创造更为不平常的"深潜传奇"……

2　万米载人潜水器有了"名"

万事俱备，只欠东风。

全海深载人潜水器在水池模拟了海洋环境下的多种工况，进行了各类测试。圆满完成全流程考核、潜航员下潜培训等25项重点测试，所有指标表明，潜水器性能良好，状态稳定。它雄赳赳地挺立在中国船舶七〇二所的车间里，涂装完毕，下部绿色中间白色，这是因为绿光在海水之中衰减比较强，容易捕捉到它的身影；头顶喷涂成了橘黄色，非常醒目，上浮到海面时与蓝色海水相对照，容易被母船发现。它就像一个刚出生的胖娃娃，漂亮壮观，人见人爱。大家围着它，喜不自胜。

接下来就是要将其出厂送到工作母船上，准备出海试验了。按照惯例，它应该有个正式的名字。我们

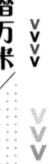

中国人对名字十分重视，两千多年前的大思想家孔子就断言："名不正则言不顺，言不顺则事不成。"那么叫它什么好呢？这名字要吉祥、有特色而又意义深远。当年首艘载人潜水器曾起过几个名字："和谐"号、"海极"号，最后确定"蛟龙"号，一鸣惊人。现在更是不能含糊。

一直关注这个项目的新闻媒体捕捉到这个信息，与科技部、中国21世纪议程管理中心和全海深载人潜水器项目组联系公开征名，一方面可以激发全民关注深潜、热爱海洋的热情，另一方面能真正取一个新颖、形象而蕴含深意的最佳名字。这还是深海高科技装备首次向全社会征名呢，体现了深海工作者的自信心和自豪感。

2020年4月22日，中国万米载人潜水器征名活动正式推出。活动一经推出，网络上立刻掀起一波"起名才艺大比拼"的热潮，各路网友踊跃参加，大开脑洞，形形色色的名字雪花似的飞向征名邮箱，无形中做了一次深海事业宣传。

截至5月1日24时，收到了近10万网友的命名，经过网友们的多轮投票，"十强"名单终于诞生了："青龙"号、"探索者"号、"启梦者"号、"朝阳一"号、"行者"号、"奋斗者"号、"蓝色空间"号、"驾海"号、"独龙"号、"玄武"号。这份名单提交给了深海项目专家组最终定名。

2020年6月19日，经由专项总体专家组、业主单位、科研团队代表组成的评议组评议。中国万米载人潜水器从中选定并正式命名为"奋斗者"号。这个名字符合时代精神，充分反映了当代科技工作者接续奋斗、勇攀高峰的精神风貌。用它来称呼全海深载人潜水器，可以体现中国载人深潜团队"最美奋斗者"的形象。同时既表达了大家对载人深潜团队的褒奖，也代表着人们对深海科技工作者的赞美与祝福！

2020年6月21日18时，"奋斗者"号离开了"娘家"——从江苏省无锡市的中国船舶七〇二所出发，按计划转运到福建省马尾造船股份有限公司，与正在那里改装的"探索二号"支持保障母船会合，进而前往三亚南山港。这条庞然"大鱼"重达36吨，装上特种载重车辆足有两人多高。因为公路运输限高的要求,无法封装转运,因此保障潜水器的旅途安全成了重中之重。

为了万无一失,"奋斗者"号的"户籍"地三亚市公安局寻求支援,在上级的安排下江苏、浙江、福建派出警力全程保驾护航,几十辆警车接力护送。不巧,出发不久就遇上风雨,车队顶风冒雨一路前行,终于在22时左右到达杭州萧山服务区。为了守护好"奋斗者"号,大家决定就在车里过夜,全力保障安全。

第二天6时整,车队又出发了。在浙江金华到丽水路段,上下坡明显增多,车队只好整体降速行驶。来到福建省后逐渐进入山区,钻隧道开始考验车队的安全行驶能力了。大家前、后将"奋斗者"号护在中间,把隧道最高的通过空间留给它。人说"蜀道难",实则闽道也不好走,有心人数了数,这一路上车队钻了80多个长短不一的隧道,最密集的时候隔几十米就要钻一个。

14时,奋斗者们又停了下来,这次是给车队中的集装箱加固,"奋斗者"号头回出远门带了很多行李,也就是它的备品和备件,装满了一整个集装箱。第二天18时左右,车队进入了福州境内。横在空中的一根电线拦住了他们的去路,车队队员拿出专门准备的绝缘长杆,把电线挑过"奋斗者"号的头顶,让这条"大鱼"小心翼翼地钻了过去。

终于,车队到达了此行的最后一个收费站——福建福州琯头东收费站。"奋斗者"号随后稳稳地进入福建省马尾造船股份有限公司。这一路,从无锡出发,跨越苏、浙、闽3个省的15个地级市,最终"奋斗者"号吊装到了全新的载人深潜支持保障母船"探索二号"上。

说到这艘将在挑战深渊中发挥重大作用的支持保障母船"探索二号",不得不称赞海南省委、省政府和有关部门给予的大力支持。2019年11月13日,海南省深海技术实验室在三亚揭牌成立,该实验室瞄准深海科研、培育深海领域产业,依托中科院深海科学与工程研究所运营管理,与中国科学院深海技术创新研究院(以下简称"中科院深海技术创新研究院")合并建设和运行,并协助支持深海科技城建设。

在计划使用"探索一号"科考船作为全海深载人深潜试验的母船时,为满足海试安全预案要求,还须配备一艘海试保障船,执行海上应急救援和保障补给任务。这是海南省、中科院争取全海深载人潜水器落户海南的重要前提条件,也是海南省在三亚汇聚装备、汇聚项目、汇聚人才,建成国内领先的深海重大科技装备集群的关键举措。

经全球筛选,2018年12月,海南省深海技术实验室选择了福建省马尾造船股份有限公司建造的一艘刚完工尚未出售的新船,作为深海深渊智能装备作业与全海深载人潜水器的海试保障船,定名为"探索二号",由中科院深海科学与工程研究所负责船舶运营。

按计划2020年将执行全海深载人深潜试验任务,但购买"探索二号"科考船的经费迟迟得不到落实,海试保障船的建设无法推进。大家都很着急,为了确保全海深载人深潜试验任务按期推进,海南省科学技术厅的书记和厅长多次前往相关部门与领导沟通协调,推动购船和建船工作。

购买一艘海试保障船需要上亿元的资金,为尽快落实购船经费，海南省科学技术厅向海南省委、省政府郑重打了报告，引起省委领导的高度重视，立即召开专题会，采取"一事一议"的方式进行研究。会上，有人提出了异议："我们海南财政并不富裕，每年科技经费投入也就几十亿元，不值得花上亿元购买一艘海试保障船。"

"不能这么说吧。建设深海科技城没有船是不行的，有钱花在刀刃上，是有价值有意义的。"

"对！现在应牢牢抓住深海科研，推动科技创新，实现'弯道超车'……"

最终，会议决定：为确保全海深载人潜水器如期海试成功，省财政拨付1.3亿元，与中科院深海科学与工程研究所联合购置"探索二号"科考船。

后来，中科院深海科学与工程研究所的相关负责人在谈到此事时，十分动容：如果没有海南省党政领导和科技、财政、海事等部门的鼎力支持，全海深载人深潜试验甚至深海事业都难以顺利进行……

如此这般，在海南省、中科院深海科学与工程研究所的多方协调下，在中科院A类战略性先导专项的支持组织下,筹措经费,凝聚力量,"探索二号"科考船于2020年6月25日正式交付出厂了。

三天后,也就是2020年6月28日,在礼花盛开、锣鼓齐鸣中,支持保障母船"探索二号"搭载着"奋斗者"号载人潜水器,缓缓驶进三亚崖州湾科技城南山港,正式入列了。

3　挺进"第四极"

由此,"奋斗者"号开始了海试征程。

从中国 21 世纪议程管理中心海洋专项组、全海深载人潜水器技术专家组,到所有相关合作单位的科研院所都抽调骨干,组成了精干得力的海试团队。中国船舶七〇二所的副所长、总设计师叶聪为海试总指挥,中科院深海科学与工程研究所的首席顾问刘心成为母船"探索一号"的领队和现场验收专家,潜航员则由张伟、叶延英、杨波、赵兵等 11 人担任。

整个海试分为两个阶段:第一阶段在南海分别下潜 1000 米、3000 米,直至 4500 米,认真检测各个系统、各项设备,水面保障人员熟悉布放和回收程序,潜航员熟练掌握操作规程,演练意外应急措施。

第二阶段就是挺进太平洋马里亚纳海沟,进行全方位检验测试,严格按标准验收。这是此次海试的"重头戏",只有通过了它的考核检验,才能向全世界宣布:中国的"奋斗者"号载人潜水器研制成功了!

为什么选择在马里亚纳海沟进行海试呢?

因为它是海洋万米深处,为地球最深极——第四极!按照计划,这次海试的关键词是"双船双潜":"双船",是为"奋斗者"号保驾护航的双母船——"探索一号"和"探索二号";"双潜"是指两艘潜水器:一个是主角"奋斗者"号,另一个则是它的"御用摄影师"——深海视频着陆器"沧海"号。

2020年10月9日,中科院深海科学与工程研究所10楼会议厅,"奋斗者"号载人潜水器马里亚纳海沟航段海试状态检查确认会,暨海试领导小组第三次会议在此召开。出席会议的有参与潜水器研发的单位、项目主管单位、海试领导小组、海试现场指挥部和岸基保障中心的成员。会议由中国船舶七〇二所所长何春荣和中科院深海科学与工程研究所阳宁副书记(主持工作)主持。

首先,由中国船舶七〇二所的研究人员、"奋斗者"号的总建造师刘帅汇报了"奋斗者"号载人潜水器的技术状态。他详述了TS18航次中出现的"注水可调流速过快""机械手腕旋转不灵活"等问题归零的过程,同时介绍了TS18航次之后针对潜水器进行的维护保养以及部分功能升级测试等内容。

接下来,中科院深海科学与工程研究所的包更生汇报了船舶备航情况。他详述了TS18航次后,"探索一号"科考船进坞维修保养,特别是与"奋斗者"号载人潜水器相关的通海阀等船上设备设施的检修维护,以及南海作业试验的情况。

而来自北京国冶锐诚工程技术有限公司的张宏太监理,则汇报了监理情况。随后海试状态检查专家组的成员在针对海域最深点的确定、下潜站位和下潜顺序的合理性、潜水器机械手状态等问题进行了质疑和讨论,最后专家组确定潜水器和母船具备海试条件。

会上还宣读了海试现场指挥部的组成人员,确定了海试现场的组织领导体系。各参研参试单位领导分别讲话,回顾了十几年来中国三代载人潜水器的发展历程，以及在其中凝练的中国载人深潜精神，表达了对此次"奋斗者"号载人潜水器海试的支持和期待。

第二天，也就是10月10日上午，三亚南山港码头鼓乐喧天，群情激昂，隆重而热烈的启航仪式在此举行。"探索一号"科考船搭载着"奋斗者"号载人潜水器停靠在岸边，整装待发。有关领导分别做了热情洋溢的致辞。

呜——随着一声长长的汽笛鸣响，"探索一号"和"探索二号"两艘科考船，在一片热烈的欢送声中，满载着人们的祝福出发了。按照预订计划，"探索一号"搭载"奋斗者"号前往马里亚纳海沟进行海试，而"探索二号"则在南海科考，而后搭载"沧海"号前去与"奋斗者"号会合。

4　劈波斩浪

正值夏秋台风肆虐之时，航路上风高浪大，海况十分恶劣。

"探索一号"科考船首先驶到深圳赤湾石油基地码头进行加油作业，为马里亚纳海沟航次做着积极的准备。航次领导小组则时刻关注着气象的变化。当时在菲律宾中部地区生成的低气压，迅速发展成为热带风暴，以及第15号台风"莲花"、16号台风"浪卡"。

这些台风的名字都雅致甜美，"莲花"艳丽，"浪卡"是热带水果波罗蜜的马来西亚语，然而它们却如同海兽一样凶猛。船上通过气象监测系统预报的台风路径、风力风向和浪高等参数信息，得出船舶航行预计受热带风暴外围扰动影响。

2020年10月13日凌晨,"探索一号"科考船加完油后刚刚驶出担杆水道,就遭遇"浪卡"的侵袭,风力瞬间增大到8~9级,浪高5~6米,船舶颠簸、震颤严重,汹涌的海水不停地扑上驾驶台的玻璃,瞬间遮挡了驾驶人员的视线。有些队员出现了晕船呕吐现象,这艘科考船只得临时转至担杆岛西面抛锚避风。

关键时刻,就看驾驶团队的表现了。"探索一号"的船长刘祝老练沉稳,多年的工作经验使其练就了一身高超的航海技术。大副徐云武也是爱岗敬业的航海人,主动捡重担子挑,每天值早4时的班,还经常加班,有时一天要工作十几个小时,十分辛苦。既要按时到达指定海域,又要保证船舶安全,越是风大浪高,他们和整个航行部门就越是要瞪大眼珠子。

时至中午,风力继续增强,涌浪增大导致船舶走锚,情况危急。领导小组及时判读预报资料,密切关注风力、海浪变化的情况,决定从锚地启航并调整航线向东北方向前行,以求将台风的影响降至最低。经过驾驶团队的反复测试,发现侧顶风侧顶涌的航行方式效果最好。就这样,从13日到16日,"探索一号"

科考船一直在狂风大浪下航行。各班驾驶员和水手严格遵守值班制度,强忍着眩晕感在驾驶台坚守岗位,保持正规瞭望,及时呼叫周围船舶保持安全距离通过。

后来,参加海试的"奋斗者"号副总设计师、控制系统的总设计师赵洋曾这样回忆道:

"起航前,三亚连日阴雨绵绵。气象系统专家预报,可能有高达3米的巨浪,一个台风胚胎正在南海孕育。我曾随'蛟龙'号出海多次,见过大风浪。可一般海上作业,通常会在小风浪里晃上几天,再遇到大风浪时就不怕了。这次航行,脚步还没站稳,巨浪就袭来了,连常年出海的水手都晕船了。迎着风浪,'探索一号'科考船驶到珠江口后,海面平稳多了。然而重新出发时,更大的挑战却来了。东南方向菲律宾海域,第16号台风正往西北方向发展,边缘刚好扫过珠江口。顿时,狂风暴雨掀起惊涛骇浪,经验丰富的船长临时把船停在南部的万山群岛附近,利用岛屿来躲避。但海试要在规定时间到达目标海试区域,耽误不得,因此仅停了半天,我们又顶着风浪起航了。

"当时,风力高达每秒20多米,掀起的海浪少说也有五六米。排水量达6000多吨的'探索一号'科考船,像空空的蛋壳一样,在海上随波摇晃。我躺在床上,紧握着把手,一阵阵眩晕、恶心,虚汗直流。杯子、书籍、眼镜盒被哗啦哗啦地甩落在地上。窗外,狂风怒吼,浪头撞击船体的轰响夹杂着发动机的轰鸣,使人心绪难宁。船长后来告诉我们,这是'探索一号'科考船迄今遭遇的最恶劣海况。其实身体考验是小,我们更担心的是'奋斗者'号的状态和海试计划受到影响。直到'探索一号'科考船出了巴林塘海峡,进入风浪平稳的海域,大家才赶紧进行全面的安全检查。好在"奋斗者"号系固良好,安然无恙!我们悬着的心才放了下来。"

其间,值得表扬的是船上的炊事班。由于一出航道就迎来了狂风恶浪,全船人员没有一点适应时间,大都出现了不同程度的晕船反应,眩晕、呕吐、食欲不振甚至卧床不起,海试队员面临着身体和心理上的双重考验。一开饭,餐厅里稀稀落落的,看不到从三亚开航时绕圈排队打饭的热闹场景。航次领导看在眼里,急在心里,他们知道大家这是晕船,难受得吃不下饭，可这才是开始。根据气象预报测算，还得三天"探索一号"科考船才能穿过大风浪区。如果队员们这几天不能好好吃饭，身体会受不了的。

于是，他们召集炊事班开会："现在是非常时期，你们一定要想方设法，做好饭食的后勤保障工作啊！"

炊事班心里也着急啊，大厨拍着胸脯说："放心吧，领导！我们保证一定尽最大努力让队员们吃好。"

随后，他们深入各个舱室，了解大家想吃什么，参考大家的意见，调整每日食谱。减少了荤菜、油腻类菜品，增加了一些清淡爽口的菜品。怕呕吐厉害的队员们身体内电解质失衡，厨房特意准备了菜粥。得知队员们想吃面条，面点师又尽可能换着花样做，扯面、手擀面等，保证每顿饭最少有两种不同口味的面条卤子浇头。

这几招果然见效，就餐的人渐渐多了起来，甚至去晚了面条都不够了，厨师马上做第二锅，甚至第三锅。看到队员们都起来吃饭了，厨师们脸上露出了欣慰的笑容。实际上，大风浪中他们也会跟大家一样难受，只是牢记着自己的职责，头晕了吐了接着回来继续干,再不行吃上晕船药,也要坚持按时为全船做好可口的饭菜。

然而,狂风恶浪影响的不仅仅是人,"探索一号"科考船也遭受了极大的考验。机舱人员都相应进入应急航行状态,一方面加强机舱巡视,另一方面确保在设备发生故障时能够尽快修复,保证船舶在恶劣天气时的航行安全。真是怕什么来什么,10月13日下午'探索一号'科考船顶着风浪刚出航不久,就发生了船舶右桨动力丧失严重的故障。

14时59分,集控室的机舱监控突然报警:右并车齿轮箱油位低!当班轮机员立即进行消音复位,但警报未能消除,他马上让值班机工去现场查看有无漏油以及进行油位测量。不料,随后又出现了并车齿轮箱润滑油压力超低引起3号、4号安全保护动作而主动停止工作,右桨离合器自动脱开、螺旋机停止继续运行的严重故障。现场一片狼藉,前后、上下、左右全是喷溅出来的齿轮油。值班机工立刻向当班轮机员反映:"油箱故障停车了,需要紧急抢修!"

"什么原因?"

"原因不明,赶快报告驾驶台。"

当班轮机员立即上报船长、轮机长和大管轮等人。尽管当时船在风浪里摇晃得厉害,上下楼梯和在走廊行走都很艰难,但相关人员还是立即赶到机舱展开了抢修工作。在听取值班机工简短的故障情况说明后,大家马上分头行动,主管轮机员和机工长现场寻找喷油点,其他人员携带棉纱、破布清除喷洒出来的齿轮油。经过对附近压力管路的紧张勘查,锁定是从齿轮箱冷却器连接管密封端面喷洒出来的齿轮油。

管路拆开后,发现密封橡胶垫片已经损坏,裂开一段约2厘米长的口子。这就不难解释为什么在短短3分钟的时间内有将近1000升的齿轮油全部喷出,从而造成超低油压安全保护动作了。抢修立即展开:40度左右的机舱温度,刺耳的机器轰鸣,刺鼻的油雾气味弥漫着,还有大风浪带来的摇晃感,大家强按住胃里蠢蠢欲动的呕吐感觉,按照各自的分工有条不紊地工作着。有的负责拆下连接管清洁重新做密封垫片;有的负责控制箱、警报器等电气系统检查。

"探索一号"科考船的领队、具有丰富航行经验的刘心成闻讯,也亲临现场了解情况,指导抢修,拿起棉纱与大家一起清理齿轮油。在更换好垫片,安装好管子后,需要添加齿轮油。按照平时的补加方法:用手摇泵将齿轮油从油舱里摇出到油桶里,再拎到齿轮箱加油口处,这样速度非常慢也很费力,一个25升的油桶装满也要好几分钟,到加油口处还要上下楼梯,而此时走路都要扶着栏杆,行动很是不便,也很不安全。

这时,三管轮想到了办法,他找来塑料管装在手摇泵出口引到齿轮箱加油口,所有人员轮换着摇手动加油泵,将齿轮油从远处的储存油柜加到齿轮箱中。齿轮油黏度较大,每个人都需要费力地转动泵轮手柄,因此很快手臂都变得酸软无力,但为了提高加油速度,人们都排着队轮流转动。经过两个多小时的抢修,终于把1000升左右的齿轮油泵进齿轮箱,同时十几平方米的油污也被清理干净,开启齿轮油箱备用泵,启动主机试车正常了,右车又欢唱起来。

虽然大家及时恢复了船舶的动力,但经过检查发现,全部的齿轮箱冷却器前不久才进船厂拆下清洗过,但原来的旧橡胶垫片却没有更换，其他3台齿轮箱同样存在着安全隐患，如果这种故障再次发生，船舶即使存放再多油料也经不起几次折腾。等到10月18日海况好转后，轮机部对其他齿轮箱的管子连接密封情况进行了全面检查，更换了旧垫片，保证了"探索一号"科考船的安全航行。

一波未平，一波又起。开航前的设备系固都检查了好几遍，但依旧挡不住狂风暴雨的袭击，很快压载铁框开始移位，从左侧扑面而来的浪花猛烈地拍打船体，丝毫不考虑海试队员们的感受。不久左侧舷门被拍坏，水声吊阵的绞车控制箱也被拍烂。

这套设备是本航次必要的设备，没有它全海深就无法实现水声通信，会直接影响海试的进程，大家都目瞪口呆，心里感觉到一阵阵寒意。为了修复绞车，船员们动员了全部的力量。甲板部翻箱倒柜找来匹配控制箱的元件，潜器部提供了一个24伏的电源模块，实验部提供了一个弃用的控制箱，虽然是室内用的，但可以临时用一下。

大家根据自己的专长，主动承担修复任务，盖文庆和钟金波负责控制箱的接线和功能实现，李湘湘负责恢复液压管线和钢丝绳导向滑轮，准备工作有序开展。控制箱功能测试完成后，紧接着测量电机的绝缘，结果发现电机绝缘为零，这个"噩耗"让他们的心情一下子沉入谷底。

幸运的是，当电机拆下来后，发现是接线盒里面有水，而电机线圈还是完好的。铜匠潘月免连忙制作接线盒，潜器部负责提供钢板材料，大家的希望又被点燃了。当控制箱和电机按图纸接线恢复后，第一次供电还是让人兴奋和忐忑的，还好供电后没有异响和焦煳的味道。电机按预想的一样顺利启动，绞车控制箱终于修复了。

沧海横流，方显英雄本色。就在这样风雨交加的波峰浪谷中，海试团队克服了人员晕船、机件故障等种种困难，适时召开了全员动员誓师大会，现场掌声一阵接着一阵，海试队员们的心潮就像浩瀚的太平洋一样，波涛汹涌、激情澎湃……

小贴士

1. 地球四极分别是地球的南极和北极——第一极和第二极，珠穆朗玛峰是最高极——第三极，马里亚纳海沟则为最深极——第四极。当然，并非海洋被称为世界第四极，而是以马里亚纳海沟为代表的大洋深海海沟的神秘区域。

2. "探索一号"原名"海洋石油299"，隶属于中科院深海科学与工程研究所，改造成为"深海勇士"号和"奋斗者"号载人潜水器母船，以及深海科考通用平台。其定位基于与深海潜水器目标海域的科学研究和工程项目，如海洋资源探测、地球化学研究、海洋生物采集等，并兼顾中科院未来发展相适应的科学项目。

第七章

谈笑凯歌还

1　万米深渊第一潜

劈波斩浪，一往无前。

2020年10月21日6时，"探索一号"科考船战胜了台风大浪的挑战，迎来了相对风平浪静的航程，搭载着"奋斗者"号载人潜水器到达马里亚纳海沟预定海域。在海试团队一系列的精心准备下，当天便进行了适应性下潜，此后5天连续5次大深度下潜，从5454米一直到9163米，均获得了圆满成功。

激动人心的一天到来了。2020年10月27日，"奋斗者"号将首次突破万米大关：由海试现场总指挥、总设计师叶聪，主驾驶叶延英和声学设计师刘烨瑶执行这项光荣任务。这不仅仅是一个深度从四位数到五位数的变化，更是中国人要逼近地球最深海底，探秘"挑战者深渊"，进军世界"第四极"的开拓之举。

"各就各位,准备下潜!"

"明白,下潜人员就位!"

"报告一号,船舶准备完毕!"

"报告一号,水面支持系统准备完毕!"

随着一系列口令的下达及反馈,载着"奋斗者"号的轨道车移动、保障人员拆除限位销、挂主缆、起吊、A架外摆、挂龙头缆、布放入水,预先等候在小艇上的"蛙人",也做好了冲上去解缆的准备。时间一分一秒过去,"奋斗者"号逐渐离开母船尾部。潜航员在舱内进行水面检查,确认各项设备的状态。

"一号、一号!'奋斗者'一切正常,水声通信已建立,请示下潜!"

"一号明白!同意下潜!"

现场指挥部一声令下,漂浮在海面的"奋斗者"号开始注水加重,瞬间便如游鱼一般潜入水下。主驾驶叶延英坐在中间,叶聪和刘烨瑶分坐两边注视着观察窗和各项设备,"奋斗者"号以每分钟60米的速度下潜,光线从蓝色慢慢变暗,在微光相机里能看到一些发光的浮游生物在游动。

深度值在不断增加，3个小时之后，多普勒测速仪、避碰声呐先后显示距底高度为130米左右，叶延英开始抛弃下潜压载，叶聪的眼睛一眨不眨地盯着仪表盘，刘烨瑶通过水声通信语音向母船汇报："'奋斗者'已突破万米深度，目前已抛载，准备坐底。"

"太好了！祝贺你们，祝贺我们的深潜事业！请密切关注潜水器状态，保证各方面的安全！"

"坐底"是指潜水器安全降落至海床上。"奋斗者"号离海底越来越近了，10米、7米、5米，在照明灯光下，马里亚纳海沟海底清晰地呈现在三位潜航员眼前。作为总设计师的叶聪十分兴奋，但他没有表露出来，而是叮嘱同伴调节潜水器均衡、近底航行观察，并做好相关的试验记录。万米海底是如此的深邃和静谧，它能让嘈杂的心随之沉静下来，随处可见透明的海参、多毛类生物、海绵等，不由得让人感叹生命力的顽强。

深度10058米！中国人首次到达万米海底了！

消息传到母船"探索一号"指挥部，正在大屏幕前观看的队员们喜形于色，鼓掌庆贺！但并没有出现电影中那般互相拥抱和热泪盈眶的情景,这与当年"蛟龙"号突破 7000 米时全船振臂欢呼不一样了。因为,经过几年的拼搏,中国深潜科技早已突飞猛进,大家相信"奋斗者"号一定会成功!这种平和的心态也体现了我们强大的自信。

此时外界还一无所知,为了确保无误、万无一失,需要再进行一系列潜次试验,成功后才会对外公布这一重大海洋装备成果。

当然,其间并非一帆风顺。

在另一次万米级海试中,中国船舶七〇二所的研究人员、潜航员张伟就遇到了一个特殊事件:

那是他们乘坐"奋斗者"号下潜到 8850 米左右,即将跨越万米临界点时,忽然听到了"奋斗者"号发出嘣的一声闷响,如同开香槟酒瓶似的。舱内三人明确感觉到整个潜水器有个震动,非常像扔掉一组压载铁那样的一个反应。

要知道,这是在 8800 多米的深海啊,潜水器上那些承受压力的零部件正在与大自然的力量零距离抗衡。这是从未有过的声音,难道是大海向人类下潜科技发来的一声警告？它究竟在表达怎样的含义呢？万一发生水下事故，后果不堪设想。

潜航员们面面相觑，都很紧张，经过一番讨论之后做出决定：为了安全起见，在距海底200米时把一组压载铁抛掉了，潜水器的重量减轻了很多。这样降低了下潜的速度，也就降低了坐底有可能遇到的风险。

按照深潜规定，此时应该马上返航，可那样一来这次海试任务就"泡汤"了。下潜一次很不容易，哪能轻易放弃呢！张伟把舱内的设备都检查了一遍，再次确认所有指标并无异常后，心里才放松一些，说道："指标显示正常，应该继续下潜！"

"好，回去后再彻底检修。"

"奋斗者"号海底试验继续进行。

这一举动不亚于在战场上冒着炮火冲锋，如果没有过硬的心理素质，是根本不行的。当年"蛟龙"号海试时也发生过类似故障，那时的主驾驶正是今天"奋斗者"号的总设计师叶聪，他同样咬紧牙关鼓足勇气坚持下潜，终于闯过了道道难关。

听到这样的事迹，我们的眼睛总是热辣辣的，深深地为中国"深潜人"大无畏的科学献身精神所感动。当然,他们不是蛮干,而是建立在对自己研发的潜水器性能的无比信任之上。

果然,在整个后面的过程里,所有传感器,包括监控的反应都没有再出现问题。此潜次圆满地完成了海试计划,返回到母船汇报后,科研人员立即对潜水器进行了全面检查,查找异响来源。为了抢在一个又一个台风来袭的空隙里下潜,"奋斗者"号遇到问题,都是当天发现连夜解决。

在"奋斗者"号停放的机库里,总建造师刘帅带领大家一个系统一个系统地测试,甚至把浮力块一块一块拆下来查看。结果发现尾部有一块通过螺栓拧在框架上的固体浮力材料,连接处由于高水压的作用出现一条裂纹,并发生了位移,在静谧的海底破裂的声音传到舱内会很大。

潜水器的浮力块就像一件救生衣,它是像拼积木一样搭建在一起的。为了防止水下压力造成的破坏,这些积木与积木之间的连接螺栓都留了有余量的间隙。但万米水压对浮力块本身的挤压是不可避免的,这就形成了几毫米的变形。这种变形在回到水面之后，会随着压力的下降恢复原状。这块固体浮力材料受压之后，有点变形，导致它受损，这已经到接口的边缘了，再往里变形的话就把它拉坏了。

通过严格评估，出现裂纹的浮力块并没有带来致命伤，加紧修复之后毫不影响后面的潜水器海试。跟随此次下潜的声学设计师杨波说："虽说我们在陆地上有压力罐等一系列的设备去模拟海洋的情况，但在实验室是没有办法建立这种完全跟海洋环境严丝合缝的模型的，毕竟深海它就是深海。发现这样一种不确定因素和未知因素的时候，我们才有了研究的方向和研究的动力。"

是的，在人与海的共生与博弈中，只有通过这样的冒险试验，真实进入深海环境，才能倒逼海洋透露出它深藏的秘密。

随后，"奋斗者"号又4次深潜超过10000米，进一步验证和巩固了深潜成果。喜讯传回国内，立即引来相关单位雪花似的贺电。

在此背景下，向全国乃至全世界公开报道的一天到来了！

2　海底的现场直播

"花开两朵,各表一枝。"这是中国古典小说或评书等常用的叙事方法,言简意赅,娓娓道来。

按照海试安排:就在"探索一号"搭载着"奋斗者"号前往马里亚纳海沟时,另一艘科考母船"探索二号"也做好了远航准备,除工作人员、科考人员外还搭载着央视直播报道团队的10名队员,于2020年10月26日从三亚出发前往马里亚纳海沟与其会合。

10月,正值太平洋台风孕育时期,航船均已经得到气象部门的预警。由于"探索二号"科考船当时未在满油状态,需要先航行到深圳补油,一出海就迎头碰上了第17号台风"沙德尔",风大浪高。船长孙燕辉与"探索一号"科考船的船长刘祝一样,是一位"老航海"了,来到中科院深海科学与工程研究所后先在"探索一号"船上当大副，后任"探索二号"的船长，具有丰富的航行经验。

他身材瘦削，脸上映现着一种迎风斗浪的坚毅与乐观，平常为人随和，待人接物总是笑眯眯的，可一旦工作起来便精神十足。这个航次"探索二号"科考船的主要任务是将科考人员和央视的直播报道团队安全及时地送到马里亚纳海沟，共同承担为"奋斗者"号载人潜水器水下直播的工作。执行海试方案的他们，先在南海干活，做好各种准备，而后启航去西太平洋。不料，台风肆虐，孙燕辉面对此景心情十分沉重，心想绝不能耽误进程，影响直播大事。

"探索二号"科考船在深圳湾加油时，刚好躲过了第18号台风"莫拉菲"，于是他们赶紧拔锚出航，谁知一个个恶狼一样的台风正在前面等待着，海上刮起了9~10级大风。孙燕辉站在驾驶台上，指挥航船以2节的速度小心翼翼地避过第19号台风"天鹅"，进入了巴布延海峡，立刻又以12节的航速，抢在第20号台风"艾莎尼"前面加速跑起来……

这样一来，船舶起伏不定，通常航渡是不分白天黑夜的，海上巨浪拍在船体上的声音，在夜里如同鬼哭狼嚎一般，舱内未被固定的小物件如洗衣液、笔记本等时左时右，偶尔还会被颠起再落下，与地面摩擦发出刺耳的声音。人躺在床铺上就如同躺在浪上，一会儿被抛向空中，一会儿又失重被抛落在床铺上。

在几个台风前仆后继的"关照"下，"探索二号"科考船上的工作人员、科考人员和央视的直播报道团队中的很多人，都出现了晕船现象，有的人不断地冲进卫生间呕吐，还有的人一直躺在铺位上不愿动弹。曾经去南极在海上航行几个月都未晕船的女记者杨理天，也开始呕吐了。队医挨个舱室打电话叮嘱，千万不要躺在床上吐，因为有窒息的危险。

海试方案确定："探索二号"在海上航行10天左右的时间，与"探索一号"会合，共同完成"奋斗者"号载人潜水器万米级海试直播。然而面对大自然给予的"风王"，"探索二号"科考船不得已躲避了两天台风。可能有人会问：为什么在已经收到台风预警时还要出海呢？这正体现了团队的负责精神——"探索一号"科考船早已经等待在了马里亚纳海沟，那里也正处在台风孕育高峰期，为了尽快完成海试任务，也为了两艘船的安全着想，越及早会合展开联合作业越好。

当"探索二号"科考船终于穿越台风驶向平稳海域时，所有人都松了一口气，船上举办了一次聚餐，不仅是庆祝科考船终于脱离险境，也是让随船乘员正式认识一下。因为风浪的影响，有些人从上船就晕船躺在床上起不来，七八天了，还没有与大家见过面呢！

大家首先向孙燕辉船长表示感谢："感谢你和你的船员们，艺高胆大，我们十分敬佩，既保证了安全还没耽搁时间。"

"闯过来后，我跟大家一样才松了口气。"孙燕辉恢复了往日的轻松，长长地舒了一口气，"说实话，那天如果不选择冒险冲出来，我们到现在可能还在三亚呢！"

11月5日，"探索二号"科考船到达了西太平洋岛国密克罗尼西亚，等待手续批文，两天后即驶进马里亚纳海沟海域，与"探索一号"会师了。双船停在安全距离上，乘员们互相挥手致意，抓紧安排首次万米级海试直播。

如此，这就迎来了2020年11月10日央视新闻频道直播那振奋人心、举世瞩目的高光时刻。

按计划：11月10日早上，央视新闻频道会推出《中国"奋斗者"号载人潜水器万米级海试》直播。在幕后和幕前精心准备的报道团队，采用短片回放、嘉宾访谈、演播室与海上互动等种种多媒体手段，将"奋斗者"号的前世今生与重大意义，全部展现在大屏幕上。在与主播劳春燕的视频连线中，身在海试现场的记者丛威娜手持话筒侃侃而谈：

"这里是太平洋的马里亚纳海沟，中国'奋斗者'号载人潜水器今天在这里进行万米级海试。北京时间4时20分左右，三位潜航员就顺利入舱，完成相关检查工作，然后进行布放和下水。今天'奋斗者'号到达万米海底后将展开两项工作：一是检验潜水器各项功能和性能是否正常，二是进行科学考察。

"现在，人们关注的焦点都在现场指挥部，因为通过这里的大屏幕，我们不仅能够监控到潜水器和潜航员是什么状态,最重要的是它会显示一个信息,那就是下潜的深度。现在我们能够看到,'奋斗者'号正在一点点逼近万米,让我们大家一起共同见证这样一个时刻的到来……"

此时,镜头转到大屏幕上,在"当前深度"(单位"米")字样下,赫然跳动着一串数字:9980、9990、10000……10000米了!聚集在大屏幕前的海试队员们,爆发出一阵热烈的掌声,人人喜不自胜。显然,这是为了电视直播的需要,因为此前"奋斗者"号已经数次突破这个深度了!

当前深度的数字仍在继续跳动着:10005、10100、10216,直到10909停住了,显示"奋斗者"号已成功抵达海底。大屏幕在各项深潜参数背景图上直接打出字幕:坐底深度10909米,再次创造中国载人深潜新纪录。

央视出镜记者继续报道着:"现在'奋斗者'号载人潜水器已经成功坐底,将进行相关的工作,我们通过搭载的通信系统去和三位潜航员进行一个通话。'奋斗者''奋斗者',我是央视记者,请问你们三个人现在的状态怎么样？完毕。"

隔了一段时间，随着沙沙的水声通信机声，传来此次潜航员的通话声："很好很好，我们三个人现在的人员状态良好，正在开展机械手功能测试。"

"收到，'奋斗者'，第二个问题想问的是到达万米海底的时候，你们看到的景象是什么样的？完毕。"

"亲爱的观众们，万米海底的画面妙不可言，希望可以通过'奋斗者'号，向大家展示……"

这是来自万米深渊底部中国人的声音啊！它说明了半个世纪以前毛泽东同志代表中国人民所发出的宏愿实现了："可上九天揽月，可下五洋捉鳖，谈笑凯歌还。"随后，"奋斗者"号在水下巡航、科考作业6个小时，于北京时间17时左右平安返回母船，潜航员张伟、赵洋和王治强等人依次从'奋斗者'号中出来走下扶梯。

甲板上，队友们兴奋地叫起来："欢迎出舱，来来，快坐好了……"他们端来一盆盆、一桶桶早就准备好的海水——这是海洋界的传统礼节，凡是第一次下潜抑或打破自己深度纪录的深潜人，都会迎头被泼海水，就像云南的泼水节似的。哗的一下，三个人从头到脚全湿透了。虽说海水是凉的，但他们的内心却是火热的，那叫一个痛快！

随之，贺电、贺信雪花似的从各地飞来了……

3　双船双潜

2020年11月13日，本次海试的又一场大戏上演了：国家研发计划重点专项"全海深视频直播系统"参加了海试，"沧海"号深海视频着陆器首次与"奋斗者"号载人潜水器在万米海底联合作业。央视新闻频道再次开启直播报道。这就是真正意义上的"双船双潜"模式。

"双船"指的是为"奋斗者"号保驾护航的双母船，也就是"探索一号"和"探索二号"。而"双潜"指的是双潜水器——全海深载人潜水器"奋斗者"号和专门给我们的主角在万米海底"打光拍照"的"御用摄影师"——"沧海"号。

这是与全海深载人潜水器同步立项的一个项目：全海深视频直播系统。属于国家重点研发计划"深海关键技术与装备"重点专项"全海深视频采集、传输、处理技术研发及系统集成和示范应用"项目。目的是针对全海深载人潜水器海试、科学应用的需求，研究全海深视频采集及传输核心关键技术，展现全海深载人潜水器水下作业的现场实况，同时也为海洋科学研究提供实时的观测手段。

项目由中科院深海科学与工程研究所牵头承担，参与单位包括中科院西安光学精密机械研究所、上海恒生电讯工程有限公司、上海交大海洋水下工程科学研究院有限公司、中科院上海硅酸盐研究所、中国科学技术大学、中船重工七〇二所、中科院长春光学精密机械与物理研究所、海南热带海洋学院，此外，西安电子科技大学也参与了部分研究工作。

历经几度寒暑终获成功，取名"沧海"号。这是一艘全球独家的深海视频着陆器，可以进行全海深4K超高清视频拍摄采集和传输处理。它不仅可以搭载全海深高清相机将万米海底的实时画面直播回传，而且还能记录深海中"奋斗者"号的一举一动。它的小助理"凌云"号在海底可以自由活动，能够提供更多角度的照明,这也为"奋斗者"号的海底作业提供了独家的第二机位。

这个潜次,是继三天前"奋斗者"号第一次在大众面前进行万米深潜后,再次在已知地球的最深处——马里亚纳海沟进行深潜。但与上次独自下水不同,这次它将有一个更加了不起的任务:进行万米载人潜水器舱内和海底作业电视直播!这是人类历史上从来没有过的壮举,它要如何实现呢?

在"奋斗者"号首次下潜10909米的报道中,我们已经知道:在万米深海中无法通过无线电波与海面进行通信,采用的是声学通信,即利用声波通过海水传播来实现双向通信。但它有一个缺点,就是无法实现高保真传送,上次记者与水下潜航员的语音采访,那声音品质就是报话机水平。如果要进行电视直播,尤其是4K超高清的电视直播,就需要更加先进的新利器。

这次的新利器是由"探索二号"科考船搭载的深海视频着陆器"沧海"号和它的小助手"凌云"号实现的,其中前者是实现实时4K超高清电视直播的关键。那么它有什么神奇装备吗？又是如何与海面实现通信的？答案就在"沧海"号携带的一根微细光缆上，这根长达10多千米的微细光缆，与保障母船连接，是实现海底与海面之间实时通信的"生命线"。

既然带了微细光缆，海底与海面间的高质量通信就好理解多了，这就是直接用激光在光纤里传播，跟我们家里的宽带网络一样。而当信号传送到"探索二号"保障母船上后，就可以通过船上的卫星天线实现卫星通信，这样就能与同样建立了卫星通信的央视直播间，实现双向通信同步直播。

瞧，连接深海视频着陆器"沧海"号和保障母船"探索二号"的微细光缆，既传送信号，也是沉浮收放并牢牢控制"沧海"号的缆绳，就像一条风筝线牵在母船"探索二号"手中，只不过是向下放到海底去了，当然这里面也有浪大流急线断的危险。为此，科学家设计了双保险，即如果出现断线事故，"沧海"号可以定时抛载自动浮出水面。这绝不是杞人忧天，因为在正式联合作业之前的演练中，就碰上了"万一"。

那天,他们施放"沧海"号下海,看着维系它与母船的微细光缆一米一米地往下走,其中的光纤很细,仅有2毫米左右,可全船几十名队员的心都在那上面系着呢。放着、放着,大约放到3500米左右时,一个大浪打来,船体突然升高,微细光缆随之一紧一松,紧接着砰的一声折断了,"沧海"号如同脱缰的野马,急速向海底"奔"去。

"啊!"大家不由得惊叫起来。

"断了,断了,这可坏事了!"

知情人心中同样一沉,但还是相信自己的设备,耐心地等候着。果然,到了一定时间,海底的"沧海"号采取了自救措施,自动抛掉了压载铁,减轻了重量增加了浮力,慢悠悠地升了上来。真是有惊无险,可还是让人们捏了一把冷汗:如果自动抛载失效,那可就永难挽回了。因为日本的"海沟"号、美国的"海神"号都曾经遭遇了失联的命运。

负责研发深海视频着陆器的中科院深海科学与工程研究所副所长许惠平等人丝毫不敢掉以轻心,自从随"探索二号"科考船来到了马里亚纳海沟后,就深入研究如何不使微细光缆折断的办法。他们每天加班到大半夜,设想了种种方案,同时请孙燕辉船长小心谨慎地操船配合,终于解决了这个令人头疼的问题,一连施放"沧海"号下海7次,均保证了安全。

现在,真正的考验来临了……

北京时间2020年11月13日4时12分,马里亚纳海沟海况不错,东方的朝霞正在悄悄升起,一片红光映红了海天,与蓝色的海面交相辉映。由中科院深海科学与工程研究所牵头、联合多家机构研制的深海视频着陆器"沧海"号及它的小助手"凌云"号,首先在马里亚纳海沟,由"探索二号"科考船布放入海。

相比而言,这种深海视频着陆器体积不大,周身橘黄色,上端圆柱连接部分呈红色,在蔚蓝的海水中分外醒目。它上面没有人员驾驶也不能自主巡航,下潜并不复杂。保障母船上的折臂吊将它吊离船舷,绞车开动,一条微细光缆将其直接放到海底即可。

随船的央视女记者杨理天,手拿话筒侃侃而谈:"这里是太平洋马里亚纳海沟海域,我现在所处的位置是'探索二号'科考船的后甲板,身后的'沧海'号深海视频着陆器正在布放入水。今天将下潜到万米海底,完成一项史无前例的联合作业。今天'奋斗者'号载人潜水器将继续挑战万米深海,而这艘'沧海'号深海视频着陆器将会在万米海底与'奋斗者'号会合。"

按照预定下潜速度,"沧海"号大约在5个小时之后,于北京时间9时左右在马里亚纳海沟坐底。

随后,"奋斗者"号载人潜水器在"探索一号"科考船上,通过A型架摆到海面上,蛙人分别解开主缆和拖缆,也开始下潜了。此次是由中科院深海科学与工程研究所的首席潜航员叶延英担任主驾驶,于10时43分再次突破万米海深,在10900米的深度坐底。二者适时展开联合作业,进行全球首次万米海底的电视直播,无数国内外观众在电视机前同步观看。

"探索一号"和"探索二号"科考船上的海试队员、直播团队,以及不值班的船员们全都涌到控制室的大屏幕前。杨理天与北京央视的演播室连线,适时报道着两艘水下装备联合作业的盛况。

"沧海"号携带的摄像头及时传送回画面,它在坐底时激起一片扬尘,镜头变得模模糊糊,等到扬尘慢慢散去,漆黑的海底就闪现出来了。两艘科考船上的人们围在大屏幕前,几乎是屏住呼吸、睁大眼睛观看着。

　　"来了!"随着眼尖者的惊喜叫声,屏幕上万米海底冒出一簇幽幽的蓝光,渐渐靠向"沧海"号。虽然还看不太清楚,但大家知道那就是"奋斗者"号载人潜水器。因为"沧海"号只能固定在海底,不能随意移动,所以需要有自主巡航功能的"奋斗者"号按照声学定位信号寻找它。

　　果然,"奋斗者"号稍微调整了一下身姿,就迅速捕捉到了"沧海"号的位置,从容不迫地一路找来,前面的照明灯闪着蓝色光斑,逐渐在"沧海"号的视野里扩大。

　　"太棒了!'奋斗者'号过来了!"

　　"是啊,它在海底的一举一动都被'沧海'号拍下来了!"

　　在场的所有人都激动地喊出了声,杨理天更是通过话筒传递着大家的心声："大家可以看到，现在潜水器整个的轮廓已经全部出来了。好，'奋斗者'号又开了一盏灯，真是太漂亮、太漂亮了！再次提醒大家，这是在马里亚纳海沟万米海底进行的直播。我们现在所看到的是'沧海'号深海视频着陆器拍摄到的'奋斗者'号载人潜水器的画面，这是历史性的一刻。"

此时，镜头越来越近，在一团漆黑的海底显示出"奋斗者"号的前额，亮着几盏照明灯，还有摄像机，竟然真的像一张硕大的"人脸"出现在那里。保障母船控制室的人们可以清晰地看到"奋斗者"号舱内，潜航员在用纸巾擦拭观察窗，以便向外看得更清楚，近距离观察舱外的'沧海'号。接着，他拿起手机拍摄这艘"御用摄影师"，实现了万米海底互拍的奇观。

"快看，那是主驾驶叶延英。"因为他有一个标志性的光头，所以人们一眼就认出了这位"奋斗者"号的主驾驶。

"对对，他们正在用手机给'沧海'号拍照呢，这是多近的距离啊！"

随后,"沧海"号拍摄了"奋斗者"号使用机械手进行布放科考设备,采集岩石、沉积物和生物样品的操作。它前面的采样篮将会满载而归,而这些都将被这套全海深视频着陆器记录下来。

这个航程,"沧海"号深海视频着陆器一共开展了6次万米级海试,其中与"奋斗者"号在万米海底开展了3次联合作业,建立了"奋斗者"号载人潜水器→"沧海"号深海视频着陆器→"探索二号"科考船水面控制中心→卫星→央视演播室的实时通信链路。实现了把"奋斗者"号在万米海底进行科考作业的过程,向全国人民进行了世界上首次万米海底的超高清视频实况直播和科普教育。

并且,通过"沧海"号和"奋斗者"号上的通信对接,使央视演播室和万米海底的潜航员开展实时视频对话。海试验证了项目组研制的全海深超高清相机、超高清3D相机、照明系统、中继器和"沧海"号深海视频着陆器、水密接插件等全部国产装备的可靠性,突破了深海视频采集、数据处理、信号传输等一系列世界海洋研究领域共同的难题,为深海环境探测、科学研究提供了有力的技术支撑。

真是太棒了！依托科学家、工程师的深海硬实力，央视直播报道团队大胆想象、详细策划的万米海底直播竟然真的变成了现实！当远远看到"奋斗者"号载人潜水器轮廓渐渐清晰，当建立了通信链路通过视频看到潜航员和听到他们的声音时，大家的内心无比激动，一项世界性奇迹诞生了：全球首次实现了万米海底4K电视信号直播。外国人都没有实现的梦想，我们中国人成功了！

4　胜利返航

剑外忽传收蓟北，初闻涕泪满衣裳。
却看妻子愁何在，漫卷诗书喜欲狂。
白日放歌须纵酒，青春作伴好还乡。
即从巴峡穿巫峡，便下襄阳向洛阳。

这是唐代大诗人杜甫笔下的诗句，充分表达了因战乱飘零终于听到久违的胜利喜讯、可以顺利回家的喜悦与激动。如今用它来形容参加"奋斗者"号载人潜水器历经艰辛、百炼成钢，探秘万米深渊圆满成功之后，即将凯旋回家的海试队员们的心情，大有异曲同工之妙。

2020年11月28日8时30分许，随着一阵汽笛声响，在"地球第四极"结束科考任务的"探索一号"科考船缓缓驶进三亚南山港靠泊下锚。成功实现10909米坐底纪录的"奋斗者"号载人潜水器，以及海试队员们也随船胜利返航。

至此，从"十三五"以来，科技部会同中科院、中国船舶集团，组织近百家科研院所、高校、企业近千名科研人员，经过艰苦攻关，成功完成全海深载人潜水器的研制工作。在马里亚纳海沟成功完成13次下潜，其中8次突破万米，标志着我国在大深度载人深潜领域达到世界领先水平，标志着华夏儿女的深潜事业从"蛟龙"号的跟跑，到"深海勇士"号的并跑，再到如今"奋斗者"号领跑的超常大跨越。

尤其值得一提的是：整个研发团队殚精竭虑，夜以继日，冲破了道道科研难关，终于按照确定的计划节点，赶在2021年7月1日之前海试成功！中国科学家言必信，行必果，圆满完成了这项献礼工程，向中国共产党百年华诞献上了一份厚礼！

当央视记者将话筒递到海试总指挥叶聪面前，请他代表研发团队谈谈感受时，这位年少老成的"少帅"就像勇敢担起总设计师的重任一样，既豪迈而又谦逊地表示：

"我觉得不能用这五年来讲深潜的故事，应该用二十年甚至更长一些。我们从没有深海装备到有深海装备，从无人的到有人的，从简单的到复杂作业的，是老一辈科学家用肩膀托起来的。我们要牢记传统又要开拓创新，所以'奋斗者'号远远不是终点，应该说，我们刚刚打开了深海的一道门缝……"

这话说得好啊！

他鲜明地表达了参加全海深载人潜水器研发试验团队所有成员的心声。

至此，我们中国载人深潜事业——从"蛟龙"号到"奋斗者"号的故事，就告一段落了。然而，这些科学家、工程师和海洋工作者的精神，将永远鼓舞和激励着各行各业的人们奋力前行。

是的，"奋斗者"，不仅仅是万米载人潜水器的名字，她更像是人生的方向盘，指引着我们前进的方向，在奋斗中感受人生的意义，在奋斗中寻找人生的内容……

小贴士

1. "奋斗者"号,是中国研发的万米载人潜水器,于2016年立项,由"蛟龙"号、"深海勇士"号载人潜水器的研发力量为主的科研团队承担。

2020年6月19日,中国万米载人潜水器正式命名为"奋斗者"号。2020年10月27日,"奋斗者"号在马里亚纳海沟成功下潜突破10000米达到10058米,创造了中国载人深潜的新纪录。11月10日8时12分,"奋斗者"号在马里亚纳海沟成功坐底,坐底深度10909米,刷新中国载人深潜的新纪录。11月13日8时04分,"奋斗者"号载人潜水器在马里亚纳海沟再次成功下潜突破10000米。11月19日,"奋斗者"号再次突破万米海深复核科考作业能力。11月28日,"奋斗者"号全海深载人潜水器成功完成万米海试胜利返航。

2. "奋斗者"号成功潜入海底10909米,对中国未来的海洋开发可谓意义重大。随着时间推移,陆地上的资源越来越少,而占据全球大部分面积的海洋,则拥有比陆地更为丰富的石油、煤炭、可燃冰、锰结核……为了人类未来的发展，开发海洋资源势在必行。"奋斗者"号的研发成功，让世界再一次见识了中国的科技实力。

当今，我们对太空、对月球的了解，都超过了深海。探索海洋、保护海洋、经略海洋、建设海洋强国，需要高技术深潜装备来绘制深海"藏宝图"。可以说，具备载人深海探测技术，对于我们探测海洋，进行科学研究、资源探测都具有重要作用。海底资源丰富，水下色彩斑斓，随着科技的发展，也许有一天我们能在海底畅游，或者可以在海底生活呢！